ペトラ
水の巫女の護衛騎士。
ルフィアとともに【ガブラの古塔】へ
幽閉されていた。
ルフィア
水の巫女にしてテオの母親。
嫉妬と陰謀に巻き込まれ、無実の罪で
【ガブラの古塔】に幽閉されていた。

ミルカ
テオを抱いて行き倒れていた少女。
雇い主で友人でもあるルフィアの救出を
イズミに依頼しており――。
テオ
貴き血を受け継ぐ赤ん坊。
親譲りの高い魔力と潜在能力を
秘めている。

ハウスリップ2

微笑む彼女と
異世界ワケあり子育てスローライフ

ひょうたんふくろう

ぶんか社

CONTENTS

1　ガブラの塔へ　-Hazardous-

旅は概《おおむ》ね、順調であった。

「ふー……っ」

帰らずの名を冠する森だ。当然、道らしい道なんてある筈がない……というのがイズミの見解だったが、思った以上に中は開けていて、普通に歩く分にはそこまで苦労しない。藪《やぶ》なんかも多いことには多いが、そこまで背丈が高いわけでもなく、鉈《なた》を使えば簡単に切り開くことができた。

「もっとこう……道なき道を歩むものだと思っていたが」

「着の身着のままの私でも、なんとか突破できたくらいですからね……」

「うー！」

イズミはミルカの前に立ち、邪魔な枝を切り払い、余計な石ころを蹴飛ばしながら進んでいく。そうして進むことでできた「道」ならば、ミルカが通るのに負担もない。イズミの全身が緑の匂《にお》いに包まれるのだけが難点だが、それはもはや気にしてもしょうがないことだ。

嬉《うれ》しいことに、出発してからはや三時間。魔獣の類《たぐい》にも遭遇していなかった。やはり特製の魔獣避《よ》けのマントが効いているのか、それとも単純に運が良いだけか。もしかしたら、音を立てながら歩いているのも効果があるのでは……とイズミは考える。

「ミルカさん、虫刺されとかは大丈夫か？」

「ええ……結構しっかり肌は隠していますから。それよりも……」

「暑いか、やっぱり」

予想外だったのは、その暑さだ。外気温はそこまででもない筈なのに、毒虫や切り傷を警戒してしっかり着込んだために、服の中に熱がこもってかなり蒸れる。ミルカの額は既に珠《たま》のように汗が浮かんでおり、時折つうっとこめかみから頬《ほほ》の方まで伝っていた。

もちろん、ミルカよりも重い荷物を持ち、先頭を歩くイズミのほうが汗はひどい。既に服の中はぐしゃぐしゃで、でき得ることなら今すぐ全裸になって風呂に飛び込みたい気分であった。

「やはり、首元のタオルが……」

「気持ちはわかるけど、外すなよ。ヒルにやられたら大変なことになる」

「ひぇっ……」

「それにミルカさん、俺なんかよりずっと美味《おい》しそうだし」

「どういう意味ですかぁ⁉」

軽口を叩《たた》く余裕がある——いや、軽口を叩かないとやってられないとも言う。歩けど歩けど森の景色に代わり映えはなく、時折現れる樹《き》の切り株や大きな岩くらいしか目立った目印はない。むせ返るような森の匂いに、ギャアギャア鳴く鳥の声、ヂィヂィと煩《うるさ》い虫の音……と、変わらない景色と相まってだんだんと五感がマヒしてくるような、そんな気さえした。

歩いて、歩いて、ずっと歩いて。お昼は大きな樹の陰で食べた。

ミルカの作った特製サンドイッチは、初日の昼だからこそできるフレッシュな野菜と卵を使ったものだ。イズミはそれに加えて、梅干しの握り飯までついている。

「う！　うー！」

「なんだよテオ、お前も梅干し食いたいのか？」

「あう！」

「ミルカさん？」

「……ほんっとに一欠片《かけら》だけですよ？」

銀シャリの中から覗《のぞ》く梅肉を、ミルカが爪の先ほどだけちぎり取る。ぱぁっと顔を明るくしたテオは、そのままなんの疑いも持たずにミルカの指に食いついた。

そして。

「うきゅ……！」

「おー」

今までに見たことがないくらいのシブい顔。眉間《みけん》に皺《しわ》が寄って、口がきゅっと窄《すぼ》まっている。全体的に顔のパーツが中央に寄って、そしてこれでもかというくらいにシワシワになっていた。

「すんげえ酸っぱそうな顔」

「……うきゅ」

「本当に酸っぱいですもの。初めて食べた時はびっくりしましたわ」

「栄養もいっぱいあって夏バテにも効いて、さらに殺菌作用もあるから弁当に使うにはぴったりなんだが」

「何事も完璧というのは存在しないのですね……」

「言ったな？　帰ったら覚えておけよ？　梅を美味《うま》いって言わせてやるから」

「あら、それは楽しみですわ」

昼ご飯が終わった後も、ひたすら歩く。歩いて歩いて、たまに方向を確認して。基本的には常に同じ方向を歩いていて、誤差修正もごくごく軽微なものであったが、時折びっくりするくらいに方向がずれていることもあった。

「なんだこれ……ほぼ真横になってるじゃんか……」

「ああ……道なりに歩いていたつもりが、少しずつずれていたのかも……」

「こんなに派手に方向が変わってたら気付くと思うんだが……あるいは、これが帰らずの由縁か」

そうしてちょこちょこ方向を確認しつつ歩いて……そろそろ今日の野営地を決めようかという頃に、イズミはそいつに気付いた。

「……ミルカさん。二四、いる」

藪の向こうの方。家の周りでも何度か見かけた野犬のような獣がうろついている。獲物の肉でも漁《あさ》っていたのだろうか、頻《しき》りに地面に鼻をこすり付けていて、こちらに気付いた様子はない。

「……スプレー、します？」

「……なるべく節約したい。一瞬噴いて、それを使って……できるか？」

「やってみせます」

ミルカが精神を集中させる。なんとなく神秘的な雰囲気が辺りに漂い、そして。

「……えい」

しゅっと一噴き。ここからじゃ到底やつらの元へと届かない筈の小さな霧は、しかし明らかに何かに導かれるようにして漂っていって……。

——ギャアッ!?

「よっしゃオラァッ‼」

ひるんだその瞬間に、勝敗は決した。とても文明人だったとは思えない速度でイズミが躍り出し、まずは手前のそいつの首に一撃、続けて流れるように奥のそいつの脳天に一撃……で、終わりである。

「このッ！　このッ！　とっととくたばれッ‼」

もちろん、致命傷を入れたところで油断はできない。死に至る傷であろうと、動く時は動く。だからこそ、イズミはわかってはいても追撃の手を止めない。

「ふうっ！」

ぴく、ぴくと動いていたそいつらも、イズミの呼吸が整うよりも前に息絶えた。

「よ、よかったぁ……！　上手《うま》くできた……！」

「ミルカさんの風の魔法とクマよけスプレー……良い相性だな」

本来、敵に気付かれないように近づくには風下からというのが鉄則だ。特に相手の鼻が利く場合、風上からではかなり遠くからでもその存在を感知されてしまう。一方で、クマよけスプレーは自身に被害が及ばないよう、風下からの使用を避け、極力風上から使用することを推奨している。

なるべくバレずにあっさり始末してしまいたいイズミたちにとって、これはあんまりよろしくない。だけど、ミルカの風の魔法を使えば別だ。

風下の、それもかなり遠くから対象へクマよけスプレーをピンポイントで叩き込むことができる。もう少し練習すれば、ある程度「発射元」をごまかすように動かすこともできるだろう。

「もうちょっと進んだところで今日は野宿としようか」

「ですね……さすがに、死体の傍《そば》で寝るのは薄気味悪いですし」

そうして野営地に選んだのは、森の中に佇《たたず》む大きな岩の陰であった。理由としては単純に、ここなら背後の警戒をしなくて済む……というそれだけである。それが正しい判断なのかどうかは、イズミたちにはわからない。

「道中で薪《まき》を拾っておいたけど……」

「少々、いえ、かなり煙いですわね……」

「うー……」

とっぷりと暮れた夜。闇を払うかのようにイズミとミルカは焚火《たきび》に薪を焼《く》べていく。ほんの少しでも明かりを小さくしては敵《かな》わないとばかりに、二人は片時もそれから目を離さなかった。

「一応、今日のところは悪くないペースで進めたな……」

「ええ……魔獣と出会ったのも一回だけ。特に危険なこともなく、アクシデントもなく……」

「……テオがおとなしいのがちょっと意外だったよ」

「まあ。テオが良い子なのはいつものことでしょう?」

「そういや、そうか」

夜の寂しさを紛《まぎ》らすようにイズミとミルカはぽつりぽつりと語っていく。既にミルカに抱っこされているテオはおねむで、すやすやと小さな寝息を立てていた。

「明日には川が見つかると良いですわね……飲み水もそうですし、その」

「汗がひどいもんなァ……。自分でもわかるほどに汗臭《くさ》いし、泥臭いし……冷たい水でさっぱりしたいところだ」

「ええ……もう、タオルで拭《ふ》いてもなんの意味もないですし……。なまじ今まで清潔でいただけに、自分の汗臭さがより気になって……」

「…………」

「………何か？」

「いえ、なんでも？」

恨めしそうにミルカがイズミの脇腹を小突く。その顔が赤く見えたのは果たして焚火のせいなのか。もしこの後イズミが心の中で思った本音を告げたなら、きっと焚火よりも赤くなることだろう。

「……くしゅっ！」

「寒いか？」

「そう、ですね。ちょっぴり肌寒いかも……汗で冷えたのかな」

「いや……確実に気温は下がってる。毛布を使わないと、風邪ひくぞ」

「む」

「……どうした？」

「いえ……あんまり火の近くだと、毛布を使うのも怖いな、と」

「ああ……」

パチパチと爆《は》ぜる焚火。その暖かな光は体を温めてくれるのだが、しかしあまりに近づき過ぎてしまえば毛布が燃えてしまう。当然、焚火から遠ければ十分に温まることも難しい。

「テオが湯たんぽ代わりにならないか？」

「……こういう時、さっと誘えるほうがスマートですよ」

「お」

すすす、と毛布を片手にミルカがイズミの真横にぴったりと付いた。そのままばさりと毛布を広げて、イズミもろとも自分をしっかりと包んで。

こてん、とイズミの肩にミルカの頭がもたれかかった。

「なんだよ、ちょっとドキドキするじゃんか」

「うふふ……良い感じに温まってきたでしょう？　私の読みは間違っていませんでしたね！」

「……ちなみに本音は？」

「……その、良い感じにもたれかかれるものが欲しかったなあって」

「素直でよろしい」

「しょうがないじゃないですかぁ……！　岩とか樹とか、ゴツゴツしていて硬いし……！　それに引き換え、イズミさんはなんかちょうどいいし……！」

女子高生（と同じ年頃の娘）に湯たんぽやクッション代わりに使ってもらえるなんて、日本だったらお金を出してもやってもらうのは難しいことである。よもや三十を過ぎてそのような経験ができるなんて、いったい誰が想像したことだろう。

「そういやァ、ミルカさん。足のほうは大丈夫か？」

「ええ、おかげさまで。靴が良いのか、イズミさんが気を使ってくださってるからか……靴擦《ず》れもなければ血豆もない、いたって健康な状態ですわ。これなら明日も、普通に歩けますとも」

「そうか……そっか！」

「……妙に嬉しそうですね？」

「いや……この後しばらく俺が夜番だろ？　その間ずっと肩を貸すわけだし、終わったら今度はミルカさんに膝枕《ひざまくら》でもしてもらおうかなって」

「ひ、ひざ……⁉」

「ちゃんと対価を要求しておかないと、またミルカさん拗《こじ》らせちゃうし……」

「こ、拗らせ……⁉　い、言うに事欠いてあなたって人は……！」

ぷっと膨れて、そしてミルカは言い放った。

「私の膝くらい、いくらでも貸してあげますから！　求めるならもっとこう、ちゃんとしたものにしてくださいましっ！」

「おっと、こいつぁ予想外」

ちなみに、本来であるならば夜番の見張りはいつでも動ける状態でなくてはならない。二人一緒に毛布にくるまっていたり、ましてや膝枕なんて言語道断だ。もし魔獣が襲ってきたとしても、咄《とっ》嗟《さ》の行動ができなくなってしまう。

が、二人ともそこは割り切っていた。そもそも、そこまで近づかれてしまった時点で終わりである。だからこそ、岩を背にして――そして、手元にクマよけスプレーを備えているのだ。

「そうだな……じゃあ、足のマッサージとか……」

「利子分にすらなりませんね」

「もっと手料理食べたい」

「日常の範囲内ではありませんか」

「テオと一緒に三人並んで寝たい。やましい意味じゃなくて、こう……わかる？」

「……言いたいことは、なんとなく」

爆ぜる炎をぼんやりと見ながら、ぽつぽつと会話は続く。

「イズミさんがそれを望むなら、私は喜んでそれに応《こた》えるまでですわ」

「お、意外と言ってみるもんだな」

「もちろん、これで返し切れたとは思っていませんからね？」

「そういうことにしておくよ……そろそろ、寝たほうがいい」

「……それでは」

すと、とミルカはイズミの胸元に体を預けた。なんだか今まで何度かやったような、そんな光景だ。肩だけを貸していた時よりも、ミルカとしてははるかに楽な体勢になったことだろう。直接触れてるわけじゃないのに、イズミは首元辺りがくすぐったいような気がしてならなかった。

「……」

テオはミルカに抱っこされている。ミルカはイズミに抱きしめられるように体を預けていて、そんな三人を毛布が纏《まと》めて包んでいる。傍《はた》から見れば、ちょっと面白い光景かもしれない。

「……やっぱりさ」

ミルカの寝息が聞こえてから、イズミはぽつりと呟いた。

「――信頼してもらえて、互いに素直に話せる今が一番嬉しいよ」

▲▽▲▽▲▽▲▽

二日目も、同じように歩いた。午前中に一度魔獣を返り討ちにし、うっかり手を返り血で血まみれにしてしまったイズミは、昼餉《ひるげ》をミルカに食べさせてもらうことになった。テオと同じように扱われたのに、何故《なぜ》だかちょっと悪くないと思ってしまったのは、イズミだけの秘密である。

また、道中にてミルカの背中に大きなナナフシもどきがひっついているのをイズミが見つけた。そのあまりの大きさにミルカは腰を抜かしそうになっていた。「特別苦手なわけではないが、サイズがサイズなので」とミルカは呟き、そしてナナフシもどきはイズミの手により適当な樹に移された。

さらに、この日は食べられる果物も見つけた。やっぱりイズミは返り血で手が汚れたままだったので、「大きくお口を開けましょうね?」と言うミルカの笑顔を甘んじて受け入れるほかなかった。

初めて食べる異世界の果物は、思った以上に甘酸っぱい味がした。

この日は大きな樹の陰で休むことになった。夜中に二度ほど魔獣が近づく気配がしたが、焚火に焼べて火のついたそれを投げたら、そいつらはあっという間に逃げていった。

三日目もやっぱり同じように歩いた。さすがに耐え切れなくなったのか、少しばかりテオが不機嫌でぐずっていたが、小さく砕いた飴玉《あめだま》の欠片を与えたら、にこーっと笑っておとなしくなった。飴玉は疲労回復にも効果があるようで、口に含んで行動したら心なし今までよりも速いペースで動けているような気がした。

また、この日は清水を見つけることができた。透明で綺麗《きれい》な水が滾々《こんこん》と湧《わ》き出《い》でていてちょっとした川のようにもなっており、その川沿いを下ってみれば小さな池のようなものも発見することができた。イズミもミルカも喜びの声を上げたのは語るまでもない。

まだ日の高いうちに、イズミとミルカはその近くを野営地とすることに決めた。

代わりばんこに水浴びをすることになって、イズミはひそかにドキドキしたが、幸か不幸か特にこれと言って変わったことは起きなかった。しいて言うなら、久しぶりの水浴びにはしゃいだテオに股間を蹴られそうになったくらいだった。

その日の夕餉はパンとインスタントのスープであった。食後にはお湯にチョコレートを溶かしたなんちゃってココアも楽しむことができた。

この日は月が二つとも満月で、雲一つなかった。綺麗な夜空を見ながら飲むココアは、普段家で飲むココアよりもずっと美味しかった。

なお、夜遅くにはぐれの魔獣が近くまでやってきたらしい。「物音だけはしましたけど、魔獣除けのマントをばさばさしてたらすぐにどこかへ行ってしまいましたわ」と、イズミは起きてからそのことを聞くことになった。

四日目。朝早くに、水の補給をしっかりしてからイズミたちは野営地を後にした。

旅は概ね、順調だった。

二日目よりも、三日目よりも、明らかにミルカの手の中にあるアクセサリーが放つ光は強くなっている。最初は昼間だと目を凝らさないと気付けない程度の強さだったのに、今では視界の端に映れば嫌でも気付くくらいの強さになっていた。

そして、出発してから――およそ、三時間と少し。お昼の時間にはまだちょっと早いかなという頃合いになって。ようやくそれは、見つかった。

「これが……【ガブラの古塔】……!?」

森の中。突如開けた視界。高校のグラウンドほどの広さのそこに立つ、古びた塔。外国の幻想物語に出てくるような、古代の遺跡のようにも見えるそれ。天然の権化とも言えるこの森の中に佇む、明らかな人工物。

朽ちた見た目と絡んだ蔦《つた》を鑑《かんが》みても、それはこの森の中で一際異質であった。

「そんな……うそでしょ……!?」

どれくらいの高さがあるのだろうか。こんな塔よりももっと高い建造物なんてイズミはいくらでも見てきているが、しかしちょうどいいたとえが思い浮かばない。

明かり取りであろうガラスのはまっていない窓の数から鑑みるに、七階建てくらいの塔なのだろう。なんとなく、ずんぐりむっくりな灯台のような印象をイズミは受けた。

ただ、それ以上に。

「上手くいき過ぎだとは思っていたが……そりゃ、着いて終わりとは思ってなかったが……」

旅は概ね順調だったが——問題なのは、ゴールのほうだ。

「すっかり忘れてたぜ……ここはファンタジーだったな……」

異臭。いや、腐臭。思わず鼻をつまみたくなるような、肺に入れることすら躊躇《ためら》ってしまうほどの臭気。そんな臭気の発生源たちが、イズミたちの視線の先で蠢《うごめ》いている。

——オオオ、オ、オオ。

ガブラの古塔。森の中の開けた土地に佇む、その罪人の流刑地は。

「ゾンビがいるなんて聞いてねェぞ……!」

——化け物どもに、囲まれていた。

◇

　そいつらは、ざっと数えても百匹ほどは蠢いているように見えた。大きな塔を囲んでいるからか、数に反してそこまで密集しているようには感じないが、しかしそれでもその中を突っ切っていって無事に済むとはとても思えない。

「動く死体……！　こんな、外法の中の外法が……！」

「ゾンビって名前じゃなく？」

「ぞん……？　いえ、動く死体とかアンデッドとか呼ばれる存在ですよ。禁忌の術により、死してなお紛《まが》い物の生に執着させられた、邪悪で憐《あわ》れな者たちです」

　動く死体の名の通り、そいつらの体は土気色をしている。半分方腐っている者もいれば、骨やらわたが見えている者だっている。当然の如《ごと》くお話し合いの通じるような相手ではない――物理的に脳みそがあるかどうかも怪しいのだから。

　幸か不幸か、そいつらは塔の周りを徘徊《はいかい》しているだけで、森の方へは向かおうとしない。ステレオタイプなゾンビよろしく、動きは鈍くて緩慢だ。

「ちなみにあれ、気付かれるとどうなる？」

「私たちの中の【命】を求めて、そのまま貪《むさぼ》られて……」

「だいたいわかった。……噛《か》まれたら一発であいつらの仲間入りになったりは」

「いえ……そりゃあ、下手に傷を負ったらそこから化膿《かのう》してひどくなるってことはありますが、やつらに毒はないですよ」

「それを聞いて安心したよ」

「でも、外法がこの地に縫い付けられたものなら、命を失った瞬間にアレらのお友達になる可能性も……」

「あんま考えたくないな、それ」

動く死体が塔の周りを徘徊している意味。まず間違いなく、罪人の流刑地とされるこのガブラの古塔からその罪人を逃さないためだろう。そうでなくては、この森の中にいきなりそんな死体たちが湧き出る筈もない。

「なぁ、まさかとは思うけど奥様は……」

「それについては……ええ、大丈夫そうです」

「う？」

ミルカがテオで隠すようにして例のアクセサリーを掲げる。先ほどまでと同じように、それは青白い光を放っていた。

ちょいちょいとミルカがそれを傾《かたむ》ける。ある意味予想通り、光に瞬くような強弱がついた。

「この感じだと……奥様がいらっしゃるのは、塔の最上階ですね」

「定番だな」

ゾンビに囲まれた古い塔。その最上階にいる奥様を助けに行く。いよいよもってファンタジーらしくなってきたと考えざるを得ない。

「なぁ、一応ここはゴールだろ？　到着すれば万事解決ってやつは……」

「……鍵《かぎ》、出してもらえます？」

「ほい」

手紙に書かれていたそれを信じ、イズミは懐から家の鍵を取り出した。

が、しかし。

「……何もないな」

「なんかこう……変わった感じだとか、大いなる予兆を感じたりとかは……」

「ねぇな」

「……やはり、奥様の元まで行かないと意味がないのかも」

「やっぱそう上手くはいかないか」

奥様の救出は必須。その後どうなるかは置いておくとして、それだけは今回の旅の絶対目的だ。

目下のところ、問題なのが如何《いか》にしてこの動く死体の群れを突破して塔に入るかである。さすがにこの開けた場所では隠れてこそこそというわけにはいかないし、夜の闇に紛れて侵入するというのもできれば避けたいところである。理由なんて、敢《あ》えて語るまでもない。

次に問題になってくるのが、この動く死体が塔の中にもいるかどうか、である。開けた外なら逃げるにしても倒すにしても物理的空間という余裕があるが、塔の中までそうとは限らない。

最後に問題になってくるのが、動く死体たちの戦闘能力だ。

「ミルカさん」

「……はい」

イズミはミルカに問いかけた。

「正直、今更引くって選択はないと思う。ここまでほとんど消耗せずに来れたけど、次もそうなるとは限らない。たとえ準備を万端にできたとしても、そもそも『次』なんてないかもしれない」

「……と、なれば」

「ああ――日のある今のうちに、ケリをつけるべきだ」

「ちなみに、具体的な作戦はあったりしますか？」

「そこなんだよなァ……でも、とりあえずあいつらが倒せるかの確認はしたい。真正面から戦ってどうにかなる相手だったら――それこそ、いくらでもやりようがあると思う」

「……それでは」

「出し惜しみなしで行こう。帰りのことは考えず、ここで全力を出す……信じていいんだよな？」

「ええ、間違いなく。それだけは、私自身の命に賭けて誓います」

「よっしゃ」

「う！」

話が決まれば、後は早い。まずは、連中に気付かれないよう距離を取りながらぐるりと塔の周りを一周する。入り口は正面にある一つしかなかったが、代わりに何故か一匹だけぽつねんとほかの連中より離れたところで佇むそいつを見つけることができた。

「周りの連中と気が合わなかったのか、生前からそういう性格だったのか……」

「都合がいいことに変わりはありませんわ」

この一匹を上手く「釣る」。そうしてタイマンに持ち込んで、その実力を探るというのがイズミたちの第一目標だ。

「じゃ……頼む」

「ええ」

ミルカはクマよけスプレーを片手に持つ。今までと同じように、ほんの一瞬だけ噴いたそれを風の魔法で包み、直接動く死体を狙うのだ。そうして上手く行動不能にさせたところを、上手い具合にイズミが誘導してタイマンに持ち込むという寸法である。

「行きま――え？」

「っ!?」

風下。音を聞き取るにしては遠い距離。この条件、この距離ならば鼻の鋭敏な魔獣でも絶対に気付かない――そう、経験から理解していた筈なのに。

――オ、オオ！

動く死体と目が合った。

「そのままやれっ！　ミルカさんっ！」

動く死体がこちらに向かって駆けてくる。ほぼ同時にイズミが茂みから立ち上がり、ミルカをかばうように前に躍り出た。ミルカの放ったオレンジ色の霧は動く死体の顔面に直撃するも、やつは一向にひるんだ様子を見せない。それどころか、自分が何かされたとも気付いていないらしかった。

「チッ！　やっぱ死体に効くわけないか……！」

迎え撃つようにしてイズミは陣取る。自分の十分後方にミルカがいるのを気配で感じ、まずは一安心。すぐに意識を切り替え、鉈で強めに近くの樹を殴りつけた。

――気付いているのはこの一匹だけ。ならば。

「俺が相手だ！　やってやんぞオラァ！」

挑発。タウンティング。単純に大きな音を立てて注意を引き付けただけ。しかしたったそれだけで、大半の獣はイズミのことしか見えなくなり、ミルカ、ひいてはテオの安全度はグッと向上する。それは今まで何度も経験してきたことで、今更疑うようなことではない。

——オ、オオオオ！

「はァ!?」

せっかくイズミが自らの体を危険にさらしたというのに。

そいつは、イズミのことなんてどうでもいいとばかりに——ミルカの方へと向かっていった。

「え……」

「うー？」

予想外の出来事に、一瞬動きが止まるミルカ。事態をまるで理解しておらず、いつも通りにミルカを見上げて小首を傾《かし》げているテオ。

そんな二人を貪り食らおうと、藪を突っ切って向かってくる動く死体。

——もちろん、イズミがその隙《すき》を見逃す筈がなかった。

「舐《な》めやがってよぉ……ッ！」

無防備な背後からの、強烈な一撃。無視されたのをいいことに——無視されたことのはらいせかのように、イズミは渾身《こんしん》の力を込めてその鉈を振るった。

鉈が叩き込まれたのは、人間で言えば頸椎《けいつい》に当たる部分。真っ当な生物なら間違いなく致命傷になる筈のそこ。本能的にここだけは攻撃されまいとどんな生物でも回避行動をとる筈だが、しかしこいつは既に死んでいる身だ。元よりイズミのことを無視していたこともあって、文字通りのクリティカルヒットとなった。

結果として。ぽーんと、その腐りかけの頭が飛んでいった。

「きゃ……っ⁉」

とんとん、ごろり。濁った白い瞳を持つそれが、ミルカの足元に転がっていく。首だけになってなお、そいつは奇妙な呻《うめ》き声を発し続け、そして歯をガチガチと鳴らしていた。

「ミルカさん！　前！」

「わっ——⁉」

さすがは動く死体と言うべきか。頭がなくなってなお、そいつは動き続けていた。

「コンの野郎ッ！」

相も変わらずミルカしか見えていないようなそいつに、イズミは一切の遠慮も容赦《ようしゃ》もなく鉈を叩き込んでいく。腐りかけの体ゆえに面白いように刃が体に食い込んでいって、そいつの体をどんどんと襤褸《ぼろ》切れのように壊していく。

思ったよりも、体は脆《もろ》いらしい。一撃を入れるたびに体のどこかが吹っ飛んでいって、明らかに動きは鈍くなる。既に血が流れていないのか、返り血の類もほとんど出ない。

——オ。

「しつっこいぞてめェ！」

もはや原型がわからなくなるほどにぐちゃぐちゃにして。そこまでしてようやく、動く死体は動かなくなった。

「ふうっ！」

「あ、ありがとうございます……」

「いいってことよ。……でも、どうして」

どうして、狙われたのはミルカだったのか。どうして、こいつはイズミのことを歯牙にもかけなかったのか。どうして、自らのことを明確に害する敵に対してなんの反応も示さなかったのか。

「一匹だけなら手こずる相手じゃない……けど」

「理由がわからないと不気味ですわね……もし、何かの間違いで一斉に群がられたりでもしたら」

「逃げるしかないな、さすがに」

幸か不幸か、動く死体の感知範囲はそこまで広くないらしい。元々それなりに離れたところだったからか、塔の周りをうろついている「本隊」がこちらに気付いた様子はなかった。

「……やっぱり、私のほうが弱そうだったから狙われた？」

「そんなことを考えられるアタマがあるようには思えなかったけどなァ。むしろ、もっと本能的と言うか……若い女だから狙ったとか？　なんかこう、生命力にあふれてそうな感じするし」

「生命力という意味なら、イズミさんも変わらないのでは……やっぱり、イズミさんのことに気付いていなかったという線で考えたほうがいいかも」

「ふむ……個人的には、俺のこと以上にミルカさんに夢中になっていた説を推したいところだが……なんで睨《にら》むの？」

「いえ……なんかまた、私のほうが美味しそうとかそんなこと言い出しそうな気がしたので」

「強《あなが》ち間違ってないと思うけど。なんかやつらって食欲旺盛そうな感じがするし……ミルカさんだって、どうせ噛むなら汗臭い男よりも良い匂いのする若い女のほうに齧《かじ》りつきたくなるだろ？」

　軽い気持ちで言った冗談。単純に、暗い空気にならないように叩いた軽口。どうせまた、顔を真っ赤にして怒るんだろうな——なんて思っていたイズミの予想は、意外過ぎる形で裏切られた。

「——あ、それだ……」

「マジかよ」

◇

「……」

　そうっとそうっと——息を潜めるようにして、イズミはその動く死体の横を通り過ぎた。

　間近で改めて見てみると、なるほど、こちらに気付いた様子もなくただ虚空を見つめるその瞳は、まさしく死人のそれである。一応はちゃんと動いている以上、少しは生物らしいところもあるのでは……というイズミの淡い期待とは裏腹に、それはもう絶対の事実としてそこに刻まれていた。

「……」

　二体目、三体目。動く死体はやはり、イズミに気付いた様子はない。明るい日差しが降り注ぐこの開けた空間で、堂々と目の前を通り過ぎているのに。先ほどミルカに見せた生への執着が嘘《うそ》かのように、ただただイズミの存在を無視している……否、捉えられていない。

　——ミルカさんの予測が当たったったなァ。

　慎重に……念のため、音を立てないようにしながらイズミははるか彼方《かなた》を振り返る。軽く手を振って合図を送ってみれば、視界のはるか先の方でミルカが手を振り返しているのが見えた。

動く死体がイズミに気付かない理由。ひいては、あの時ミルカだけを狙った理由。

それは、匂いの有無だった。

そもそもが死体だ。まともに目や耳が利いているか怪しいところである。じゃあ、どうやってこちらのことを感知しているのか――というところで挙がったのが、魔法の匂いであった。

あの時、動く死体がイズミたちに気付いたのはミルカが魔法を放とうとした瞬間だ。それまでは一切気付いた様子はなく、ぼーっと虚空を見つめていたのである。

なのに、魔法を放とうとした瞬間に、音や一般的な意味での匂いの届かないそこからこちらに気付き、そして執拗《しつよう》にミルカだけを狙い続けた。

いきなり気付いたのも、イズミのことを無視してミルカだけを狙ったのも、魔法の匂いで獲物を感知していると考えれば説明がつく。実際に魔法を放ったミルカに、赤ん坊でありながら強い魔法の素養を持つテオがいれば、そもそも魔法の素養なんて一切持ち合わせていないイズミのことを捉えられる筈がない。

「耳も聞こえてないセンが強いな、これは」

気付かれることもなく、なんの苦労もアクシデントもないまま、イズミは塔の入り口に着くことができた。はるか遠くに見えるミルカに向かって手を振り、【中に入る】のジェスチャーを送った。

どうせ、奥様に会うことさえできればその後はなんとかなるらしいのだ。塔の周辺をうろついている死体を片付けるのも悪くないが、いささか手間だし時間もかかる。なら、時間や体力的に考えて、さくっと中に入って奥様たちを救出してしまったほうがいい。

「……ん。ちょっとの間、待っててくれよ」

【了解】のジェスチャーを確認し、そしてイズミは塔の中へと入っていった。

「……ふむ」

大広間、と言えばいいのだろうか。塔の下層がまるまるホールになったかのような造りになっているらしい。朽ちてもはや土と大して変わらない状態となったボロボロのカーペットや、これまた朽ちて使い物になりそうにない剣だの槍《やり》だのが近くの壁に掲げられている。

そして、ある意味想像通り中は薄暗い。入り口に近いここだからこそ外の光がいくらか入って様子がわかるが、それ以上となると、ところどころにある明かり取りの窓だけでは頼りない感じだ。

「持ってきて良かった……っと」

リュックの中からライトを漁り、イズミはスイッチをつけた。

「……うわ」

広間のど真ん中に、それはもう立派だったと思われる鎧《よろい》が飾られている。大きくて厳《いか》つくて、そして重圧感のある鎧だ。長い年月が経《た》ったからか、金属質であったのであろうその表面には蔦が絡みついていて、全体として石のような見た目になっている。

人間じゃ持ち上げられそうにない、石でできた大剣。これまた人間じゃ動かすのも難しそうな、巨大な石の盾。鎧自体がイズミが見上げなければならないほど大きい……三メートルはありそうな大きさであることを考えると、剣も盾も成人女性と同じくらいの大きさである筈だろう。

そして、一番目を引くのがその立派な兜《かぶと》だ。所謂《いわゆる》フルフェイスの兜で、明らかに一般的な人間の頭よりも三回りくらいはデカい。目元のところに横に長い穴が開いていて、そして頭には雄牛を彷《ほう》彿《ふつ》とさせる角のようなものがついている。

おそらく、敢えて大きく作ることで相対者に対して威圧感を与えるようにしたのだろう。

「は、は……映画なら、番人として動き出すのがお約束だが」

塔の入り口を守る番人。飾りである筈のそれ、あるいは石像などが突如として動き出し、主人公たちに襲い掛かってくるアレ。そういう捉え方をすることもできる。

「……動かないよな?」

コンコン、とイズミはそれの表面を叩いてみる。が、特に変わった様子はない。ゆさゆさと揺さぶってみても、そいつはピクリとも動かない。

「ま、そもそもこんなデカい鎧や剣を、使える人間がいるわけないか……」

鎧のことはどうでもいいとして、イズミはさらにホールを検分する。ライトの光を動かすたびに鼠《ねずみ》の類がちょろちょろと駆け回り、そして無数の蠢く黒い虫が光から逃れるように壁を這《は》っていく。光の剣で闇を切り裂いている……と形容すればカッコいいが、実際は妙な生理的嫌悪感を覚えるほかない光景だ。

――幸いにして、このフロアには動く死体はいない。そして、入り口から一番奥の方に階段がある。壁沿いに沿ってぐるりと回り込むように作られているところを見るに、もしかしたら上へ上がっていくためにはいちいちフロアを横断しなくてはいけないのかもしれない。

「明かりってのは……やっぱ落ち着くよな」

慎重に歩を進めながら、イズミは階段へ向かう。途中、ところどころにある燭台《しょくだい》らしきものに片っ端から火を灯《とも》していった。長い年月が過ぎてなお中には油のようなものが残っており、近くには燃料となる朽ちた樹のようなものが置かれていたのだ。

「炭のような……なんだ？　油を染み込ませた樹か？　こっちの世界のスタンダードなのかね……」

　誰かが補給しているのか、あるいは加工されているために極端に劣化しにくいのか。いずれにせよ、それを燃やすと特徴的なちょっぴりの獣臭さのする匂いがした。先ほどからずっと感じている埃《ほこり》っぽさやかび臭さよりかは人間の生活の匂いがして、イズミの心にいくらかの安心感が生まれる。

「……よし！」

　フロアの燭台すべてに火をつけるのに、体感でおよそ十分。オレンジの炎にぼんやりと照らされたそこは、イズミの高校の体育館の半分程度の広さしかない。

　相も変わらず、中央に鎮座する鎧が妙に不気味だが、さっきに比べれば全然マシだ。廃墟やお化け屋敷の探検といった雰囲気から、妖しい邪教の神殿へ潜入している……と言えなくもないくらいには雰囲気が良くなっている。

「明かりだよ、明かり。やっぱ人間には光が必要だ……っと」

　造りの都合か、階段のところは窓があるから明るい。昼に近い今、お日様の光がこれでもかとばかりに降り注いでいる。その代わり、窓ガラスの類なんて何もないものだから、段のところが吹きさらされていてちょっとばかり風化が激しい。植物もたくましく育っているために、うっかりすると足を滑らせてしまいそうだ。

「外の空気と明かりがこんなに恋しく思えるとは……」

　窓の外に顔を出し、イズミは深呼吸をしよう――として。

　――シャウウ！

「わっ⁉」

窓の外。内側からでは気付かないそのすぐ下のところに、大きめの蛇がいた。塔の外壁を這って、ちょうどいい亀裂にもぐり込んでいたのだろうか。そいつは頭を出したイズミに対して鎌首《かまくび》だけを向けて、小さく空気が漏れるような音を――威嚇《いかく》音を発している。

「おっと、ごめんよ」

さっとイズミは頭をひっ込め、窓から離れる。こういう手合いは下手にちょっかいをかけず、気付かないふりをしてさっとやり過ごすのが一番いいのだと経験から悟っているのだ。威嚇してくれるだけまだ話し合い（？）が通じる相手であり、そこでこちらが退《ひ》けばなんの問題もないのである。

「ふむ」

一階とは打って変わり、二階は通路と小部屋で構成されているらしかった。階段を上り切ったそこから見えるのは右手にドア、左手にドアのない部屋、そして正面にT字の突き当たりである。構造上しょうがないことなのか、やはりここにも燭台の類が結構多い。

左手のドアのない部屋は、がらんどうであった。木材の破片やガラクタもないわけではないが、所詮はそれだけである。なんとなくかつて人が生活していたんだろうな、という雰囲気はあるものの、じゃあここはどんな部屋だったのか――と聞かれると困るような、そんな感じだ。

そして、もう一方。閉ざされたドアを開けてみれば。

「ひぇっ」

そんなに大きくない小部屋の中に、死体がおそらく三つほど。やっぱり服がボロボロになっていてひどく判別がしづらいが、今にも崩れそうな髪の長さから考えるに、男が二人に女が一人といったところだろう。

正確に言えば、はっきりと識別できる首が三つというだけだ。それ以外は――

「――ひでェな。全部、バラバラか」

動く死体同士で殺し合いでもしたのか、それとも元々バラバラにされて殺されたのか。あるいは、入り込んだ獣の類にバラバラにされたのか。いずれにせよ、もう動く死体としても使い物にならないくらいに、そいつらはバラバラにされている。

「……次、行くか」

ここに見るべきものは何もない。そう判断してイズミは燭台に火をつける。そして、T字の通路へと向かった。

「うぉっ!?」

手前からでは見えなかったそこ。壁にもたれるようにして死体が一つ。なんともご丁寧なことにおなかが見るも無残に潰《つぶ》れていて、後ろの壁に大きな褐色の花が咲いていた。

その隣には、白骨死体もある。

「エグいな……」

ホラー映画も真っ青なこの光景。動く死体を見慣れた今でも、正直ちょっとチビりそうなくらいに迫力がある。イズミがなんとか震えずにいられるのは、あちこちに灯した火と、自分の後方にある階段――窓から降り注ぐ明るい日差しのおかげだった。

「うう……早く、次の階段を見つけないと。階段のところはきっと明るい……げ」

ぼやきながら、死体を越えて。その先の光景を、見てしまった。

――オ、オオ。

動く死体が四匹ほど。人とすれ違う分には問題ないが、暴れまわるには大いに問題がありそうな幅の通路に蠢いている。どいつもこいつも体の劣化が激しく、中には右腕が丸々もげている者もいた。

——ついでとばかりに、足元にはバラバラになった死体がたくさんある。

「なるほど、なァ……この塔の中にも、お前らはいるのか……」

動く死体と動かない普通の死体。その違いなんてイズミにはわからない。もしかしたら今は動いていないだけで、後からひょっこり動く可能性もある。

「どんな事情で彷徨《さまよ》っているのかは知らない。罪人を逃さない塔の番人なのか、それとも罪人の成れの果てなのか。気の毒な事情があったり、無実の罪で……ってやつもいるかもしれない」

瞳から光を消したイズミが、割としっかり通る声でそんなことを呟いても。やつらはただただ、何も映していない濁った瞳で虚空を見つめていた。

「——立ち塞《ふさ》がるなら容赦はしねェ」

右手に鉈。左手に松明《たいまつ》。

——血や肉片のこびり付いたその刃が、赤い炎を受けて鈍く煌《きら》めいた。

◇

「……奥様」

「……」

「……奥様？」

「……え、ええ。……聞こえて、いるわ」

ガブラの古塔。この罪人の流刑地に転移させられてから、いったいどれだけの時間が経ったのだろう。あれほど美しかった奥様の髪はすっかりと傷み、その肢体は見ていられないくらいに痩《や》せこけて……綺麗な声も、すっかりかすれ果てている。

「お気を確かに。もうすこし、もう少しだけ耐えれば……きっと、助けが来ますとも」

「ええ……そうね」

ああ、本当にふがいない。あの時自分がもっとしっかりしていれば、こんなことにはならなかったのに。もっと早くに敵襲に気付いていれば、もっと自分が強ければ、もっとやつらの残虐さを理解していれば……後悔の念ばかりがどんどんと心を苛《さいな》んでいく。

「……」

本当に、この塔に閉じ込められてからどれだけの時間が経ったのだろう？　石造りの何もない、本当に寂しげな部屋にずっと閉じ込められているものだから、もう時間感覚もすっかりなくなってきている。一応、天井近くの壁にぽつんと一つだけ明かり取りの窓が申し訳程度にはあるが……。

「ねぇ、ペトラ……」

「はい、奥様」

「そこに、いる……？」

「ええ、もちろん」

暗い。本当に暗い。真っ昼間である筈の今でさえ、かろうじて相手の体が見えるかどうかといった暗さだ。この中じゃ本を読むことも、編み物をすることも……ボタンを留めることだって難しいかもしれない。

「……あ」

そんな中、ひときわ目立つものと言えば。

「……飯の時間か」

部屋の端にある、小さな魔法陣。私たちがここに転移させられてきた時に通ったそれ。この暗闇の中でもうすぼんやりと輝いていて、一日に一回、わずかばかりの水とほとんど腐りかけた小さなパンが送られてくる。

「奥様。お水が来ましたよ」

「……ペトラ、あなたが飲んでちょうだい。私、喉渇《のど》いてないもの。おなかだって全然空《す》いてないから……」

「……」

「ダメよ、ホントに……ちゃんと、日々の糧は感謝しながらいただかないと」

「奥様」

「……塔を探索してくれるのは、あなたでしょう？　私は、何もできないもの。あなたが飲むのが一番いい」

「……」

「私を助けたいと思うなら……そうしてくれると、私は嬉しい」

ああ、どうして。

どうして奥様は、こんな状況なのにこんなにも穏やかに笑われるのか！　どうして自らの命を犠牲にしてまで、私なんかを助けようとするのか！　いったいどうして、護衛の任務を果たせなかった私に、恨み言の一つも言ってくれないのか！

「今日は……今日も、探索には行けていません」

ガブラの古塔。古《いにしえ》より伝わる罪人の流刑地。死刑にできない罪人が罪を償うための修行の地――と表向きにはそういうことになっている。実際私も、こうして奥様と共に転移させられるまでは、その正体なんて想像することすらできなかった。

転移の魔法陣のあるこの小部屋。おそらく最上階なのだろう。過去の罪人の遺《のこ》したものか、申し訳程度に生活の痕《あと》があって、そしてこの部屋唯一の出入り口である扉がある。

あそこを通って、塔の外に出ることができれば。なんとかしてこの暗く陰気臭い塔を出ることができれば、それで助かると思っていた。奥様の巫女《みこ》としての力があれば、たとえこの塔が世界の果てに建てられていたものだとしても、なんとかなると思っていた。

が、実際はどうだ。

――オ、オオ……！

「……元気な隣人さんたちね」

耳を澄ませば聞こえてくる、動く死体たちの呻き声。錠の一つもトラップの一つもない簡単な扉だが、その向こうの真っ暗闇の中に、確かにそいつらはいる。

「……」

襤褸布と大して変わらない囚人服。食料も水も大幅に制限され、何より明かりと武器がない。そんな状態で、死体たちが蠢く闇の中を突っ切るなんて――無理だ。

「……やっぱり、ちゃんと食べない？　あなたの怪我《けが》、治るものも治らないわ」

「……かすり傷ですよ。舐めとけば治ります」

行けると思った。最初のうちは、死体なんて素手でもなんとかなると思った。実際、徒手空拳でやたらめったら腕を振り回すだけでも、脆い死体にはそれなりに効果があったのだろう。ほとんど何も見えない闇の中、はるか向こうに見える光だけを目指して、色んなものをぶち壊しながら駆け抜けて……。

そして、窓の外を見て絶望した。

どこまでも広がる、森。ここがいったいどこなのか、皆目見当もつかない。

そして、高い。これじゃあ窓から外に逃げるのは無理だし……何より、それはここが何層ものフロアによって成り立っていることを示している。あの死体が蠢く地獄のような闇を何度切り抜ければいいのか、まるで想像ができない。

そして、気付く。もし、万が一……私が探索途中に力尽きたらどうなるのだろう？

私は別にいい。自らの役目を果たせなかった愚かな人間だ。ここで朽ちるのも、それが自身の運命だったのだと受け入れることができる。

だけど……残された奥様はどうなる？　この暗く陰気臭い、死体が蠢く塔の中、暗い小部屋に閉じ込められて……最後まで一人で孤独に過ごす？　あの、奥様が？

——そんなの、絶対にあってはならない。

「……私のことなんて気にせず、探索に行ってもいいのよ。あなた一人なら、もしかしたら逃げられるかも」

「何を仰《おっしゃ》いますか。そんなことしたら、また奥様に食事の量をごまかされてしまいます」

「……ちゃんと、あなたに全部あげてるじゃない」

「私に全部渡したから、怒っているのです」

もっと、気を付けておくべきだった。『あなたが探索している間に、待ち切れなくて自分の分は全部食べた』……だなんて、どうしてそんなウソを私は信じてしまったのだろう。あの奥様に限って、そんな卑しい真似《まね》なんてする筈がないのに。

「……ねえ、ペトラ」

「なんでしょう？」

奥様の、か細い枯れるような声。

「この塔を出られたら、私……やりたいことが」

「……」

「私と、テオと。ミルカもあなたも……そして、あの人。みんな一緒に、家族で……」

「……」

「か、家族、で、ご飯を……た、たべられ、たらなぁって……っ！」

「……」

「わ、私、そんなに……そんなにおかしいこと、言ってるかなあ……？　な、なんで、みんな仲良くできないのかなあ……？　どうして……」

ああ、本当に。どうしてこの奥様は。

「どうして、あの人のことを好きになっちゃったんだろう……！　どうして、あの人はテオを愛してくれないんだろう……！　どうして、まだあの人のことが好きなんだろう……！　どうして……どうして、こんなにも辛《つら》くて苦しいんだろう……!?」

「……奥様」

純真過ぎたのだ。穢《けが》れも何も知らないから、あんな見かけだけのクソ男に引っ掛かってしまったのだ。人としての汚い部分を知らないから、『遊びだけ』という概念なんて理解できなかったのだ。そういうものから奥様を守ることこそが私たちの使命の一つでもあったのに……本当に、本当に自分が情けない。

「いつか……いつかきっと、坊ちゃんと会えますよ。私たちが捕まってしばらく経っても、ミルカが捕まったという話はなかったじゃないですか」

「……」

「あのミルカですよ？　あいつは上品で澄ました顔しているから、良いとこのお嬢さんみたいに思われがちですが……ご存じの通り農村育ちの平民ですからね。やると決めたからには根性を見せて……ええ、きっと坊ちゃんを守り倒しています。それこそ、どんな手を使ってでも」

「……うん」

「だから……きっとすぐに、助けは来ます。きっとミルカは辺境伯の元まで逃げ延びて、助けを呼んできてくれます。すぐに、また……みんなでご飯を食べられますとも」

「そう、だね……うん、きっとそう。……ありがとう、ペトラ」

今の私には、そう囁《ささや》いて奥様を抱きしめることしかできない。

――私が塔を攻略することも、助けが来ることも絶望的だなんて、言える筈がなかった。

▲▽▲▽▲▽▲▽

――そうして、どれだけの時間が経ったことだろう。

もう何十日も経ったのかもしれないし、またほんの数日のことかもしれない。曇りの日でもあったのか、闇がずっと続くこともあった……いや、そう思っているだけで、実際はそんなことなかったのか？　相も変わらず時たま魔法陣からわずかな水とパンが送られてきているが、その間隔もずいぶん長くなってきている気がする。

「……ペトラ、いる？」

「ええ、もちろん」

ああ、奥様の声がなんと痛ましいことか。絞り出すように出された小さなかすれた声が、妙に心を悲しくさせる。これが小鳥の歌声よりも綺麗な奥様の声だなんて、とても信じられない。

「……やっぱり、あなたは部屋を出るべきよ。そのほうが、少しでも」

「馬鹿《ばか》を言わないでください。奥様を置いていけるわけないでしょう？」

「……雇い主としての、命令よ？」

「その命令だけは、聞くわけにはいきません」

「でも……私はもう無理でも、あなたならまだ可能性があるわ。こんな暗くて寂しいところで朽ち果てるよりも……私は、あなたに生きてほしい」

ああ、なんで――なんで奥様は、この期に及んでこんなことを言うのだろう？　どうして、ご自身の命を諦《あきら》めてしまっているのだろう？

　奥様は、私に生き恥をさらせと仰っているのだろうか？　それこそが、役目一つ果たせなかったみじめな私にふさわしい罰だというのだろうか？

「……情けない話ですが、仮に一人だったとしても、私では闇に蠢く動く死体に対処する術《すべ》がありません」

「それなら、いい案があるわ。ええ、本当にステキなアイディア。バカな私なのに、自分でびっくりしちゃうくらい」

「……」

「――私を囮《おとり》にすればいいのよ。ええ、みんな食いしん坊さんたちだもの。きっと夢中になってくれるわ。……なんなら、手足をいくらか引きちぎっていけば道中でも――大丈夫、私、あなたのためならそれくらいへっちゃ――」

「何をバカなことをッ！　たとえ冗談でも、そのようなことを口にしないでくださいッ！」

　ああ、奥様は私のことが嫌いなのか!?　守るべき主君を犠牲に――あまつさえ、動く死体の餌《えさ》にするためバラして持っていけ？　見捨てていけ!?　そんなの、できるわけがないだろう！

「いいですか！　あなたが本当に私のことを思っているなら……！　最後まで、最後まであなたの傍にいさせてください！　その信頼が、その思いこそがこのちっぽけな私の最期の誇りとなるのだと……なぜ、わかってくれないのですか！」

「……誇りだけじゃ、あなたを助けられないのだもの」

「私の望みは、最後まで奥様の傍に在り続けることです。それこそが私を私たらしめ、そして私の魂の安寧を得る唯一の方法であるのです」

「……ペトラ」

「……なんです？」

「ごめんね……ありがとう」

「〝ありがとう〟だけ受け取っておきましょう」

まずい。もう、奥様の心は限界だ。元々ただでさえ弱っていたのに……ここに来て、こんな暗い空間に幽閉され、ろくに飲み食いもできていないのだ。死者の呻き声が精神をどんどん侵し――おそらく、そう遠くないうちに奥様は〝戻ってこれなくなる〟。

「……くそ！」

やはり、私がなんとかしないと。私がなんとかして、この塔から奥様を連れ出さないと。来るかどうかもわからない救助なんて、待っていられない。

どうする？　玉砕覚悟であの闇の中を突っ切ってみるか？　たぶん、直下の階だけならなんとかなると思う。一度は行って帰ってこれたし、あの窓のところまでは間違いなく行ける筈だ。

その後は……窓から飛び降りる？　どう考えても人が死ぬ高さだけど、私がクッションになればあるいは……行けるか？

――オ、オオ……！

「……元気ねえ。……元気って言うのかしら？」

いや、タイミングが悪い。どうも、今日に限って動く死体どもの動きが活発だ。さっきからひっきりなしに呻き声が聞こえるし、どたばたと動いている気配がある。いつもはもっと穏やかに、這いずるような音しか聞こえないというのに。

――オ、オ。

――……ン！　ガ……ン！

――ア、ギャ。

「……？」

おかしい。ちょっと動きが活発だとか、なんとなく声が大きいとかそんなレベルじゃなくて……明らかに暴れまわっていないか？　この静かな塔に、明らかにいつもと違う音が響いていないか？

――ダンッ!!

「……ねえ、ペトラ。聞こえた？」

「……ええ」

明らかに、その音は近づいてきている。動く死体の呻き声もどんどん大きくなって……もう、耳を澄まさなくとも、そいつがこの塔を駆け上っていることがはっきりと感じられる。

力強い音だ。しっかりと足を踏みしめているのだろう、たまに塔全体に響くようなひときわ大きな打撃音のようなものが聞こえる。雄叫《おたけ》びのような野太い声も、柔らかい何かが盛大に潰れる音も……ぴしゃり、ぴしゃりと何かが滴る音も聞こえる。

「……助けが、来たのかなあ？」

そんな筈はない。

この塔は、どこにあるかもわからない深い森の中にある。そして、塔の周りにも動く死体は蠢いていた。どう贔屓《ひいき》目に考えても、ここまで到達するほどの規模の救援となると……ある程度の人数が必要になる筈。

だけど、そんな気配は一切ない。塔の外に軍がいるわけでもなければ、塔の中に大量に人間が踏み込んでいるわけでもない。音から察するに、暴れまわっているのは――一人、ないしは一匹。と、なれば。

「……覚悟を決める時が、来たのかもしれません」

強力な魔物が踏み込んできた、と考えたほうが妥当だろう。あるいは、特別強力な動く死体の個体がいたか。案外、あまりにも腹が減り過ぎて新たな魔物として覚醒した個体が暴れている……ってオチもあるかもしれない。

――バァン！

「……近いね」

「ええ」

いずれにせよ、強大な力を持つ何か――おそらく人間ではないそれが、私たちに近づいてきているのは間違いない。

「ペトラ？」

動かない体を無理やり動かし、奥様と扉の間に立って構える。もはや体力なんて残っている筈もないが、それでも体当たりくらいは――不意の一撃くらいは、入れられる筈だ。

「……この身果てようとも、あなただけは守って見せます」

「……最後まで、私の傍にいてくれるんじゃなかったの？」

「む……」

「騎士の役目だ、私より先に死ぬわけにはいかない……とか言うつもりだろうけれど、あなたはさっき自分が言ったことを曲げるつもり？」

「いいえ、決してそういうつもりでは――」

――ダァン！

近い。すぐそこ。思わず私も奥様も、口をつぐんだ。

たん、たん、たんとそれの足音が近づいてくる。それの荒い息遣いもなんとなく聞こえる気がする。それ以上に、バクバクと激しく暴れまわる自分の心臓の音が煩くて、油断したら口からそれがまろび出てしまいそう。

ああ、たぶん。たぶん、これが最後だ。ちら、と暗闇の中で背後にいる筈の奥様を振り返る。ろくに見えなくとも、せめて心の中には強く残しておきたかったから。

――ジャ、リ。

とうとうそいつが、この部屋の扉の前に立ったのがわかった。

「ペトラ……！」

「奥様……！」

来るなら来い。たとえはらわたを引きずり出されようとも、力尽きる前に喉笛を噛み切ってやる。

――コン、コン。

「……えっ？」

今、何が聞こえた？

「おーい、誰かいませんかぁ？」

「「……えっ？」」

再び聞こえた、ノックの音。それに混じって、ブツブツと何事かを呟く……人の声⁉

「っかしいな……？　ここが最上階の筈だぞ……？　ほかに部屋はなかったよな……？」

「あ、ああ……⁉」

まさか。

まさかまさかまさかまさか！

「あー……この先にまだ階段があるパターンか？　……まさか、もう手遅れってことはないよな？」

がちゃ、と扉が開く。

――まぶしい光が、私たちを照らした。

「あ、あああ……‼」

「……⁉　野郎、ここにもいやがった……ッ⁉」

ああ、まぶしい。なんて、なんてまぶしいのだろう。こんなにも強い光が、この世に存在していただなんて。

「んん……？　……ああ！　あんたら、生きてるな！　そうか、つまりあんたたちが――奥様と護衛だな！」

ああ、ダメだ。まだダメだ。なのに、どうしてこんなにも――

「――助けに来たぞ。もう、大丈夫だ」

「……っ！」

こんなにも、涙が止まらないのだろう？

2『もう、大丈夫だ』-Outward-

ガブラの古塔。道を塞ぐ動く死体どもをバッタバッタとなぎ倒し、そしてようやくイズミは最上階へと辿《たど》り着くことができた。

こちらに気付かず——文字通り無防備な相手を一方的にボコボコにするだけだったとはいえ、それでも動く死体はそれなりに多かった。単純に塔を上るという行為だけでも階段を一段一段踏みしめていくという、現代人の基準で考えれば不便極まりなかったこともあって、最上階のその扉の前に着く頃にはもう、イズミもすっかり息があがっていた。

「う、うう……！」

「お、おい……？　ど、どうした……？」

それでも、奥様と護衛と思《おぼ》しき人物——生きている人間だから間違いなくそうだろう——を見つけることができて、ようやくこの暗くて陰気臭い塔を上った甲斐《かい》があった……と思ったのに。

「なぁ、頼むよマジで……！　俺、こういうのホントに苦手なんだよ……！」

暗い小部屋の中にいた二人。動く死体と間違えてしまうほどに痩せ細り、体も薄汚れてはいたが、そのうちの一人は目に強い光を宿し、奥様と思われる彼女の前に立ちはだかってイズミを迎え撃とうと構えていた。だからこそ、イズミはそんな彼女を護衛だと思えたし、死んだ人間にはないその迫力をもって生きた人間だと断じることができた。

ゆえに、もう大丈夫だ、心配ないぞ——と安心させる言葉をかけたまでは良かったのだが。

「う、ああ……！」

「頼む、頼むから泣き止《や》んでくれよ……！」

ライトで照らされた彼女は、それはもうびっくりするくらいに泣いている。ちょっとこれは男の自分がそのまま見ているのはデリカシー的に拙《まず》いんじゃないかってくらいに、泣きじゃくっている。

――いつぞやも、似たようなことがあったっけ。

ふと、脳裏をよぎったのは明るい茶髪のメイドの顔。幸いなのは、あの頃に比べたらわずかばかりの経験値がイズミにあったことだろう。

だから、あの時と同じく安心させようと、イズミは多少躊躇いながらも歩を進めよう……として。

「ま、まだ近づくな……！　所属と、名前を言え……！」

泣きじゃくる彼女が、目をはらしたまま虚勢を張るように声を上げた。

「あの、泣きながらそんなに凄《すご》まれても……」

「う、うるさい……！　わ、私だってそれはそうだと思ってる……！　たぶんきっと、敵ではないだろうとも思ってる……！」

「……じゃあ、なんで？」

「だって……また、契約魔法で縛るようなやつかも……！　もう、失敗なんてできないんだ……！」

「あちゃあ、そういうパターンね……」

契約魔法がなんだかはわからないが、きっと言質を取って行動を強制させるものなのだろうとイズミは当たりをつけた。似たような話をミルカがしていた気もするし、魔法が存在するこの世界ならば、そういった手法で相手を嵌《は》めるのなんてさほど珍しいことではないのだろう。

とはいえ。

「名前はイズミ。所属は……いや、そもそも所属なんてものはないんだが」

残念ながら、イズミに名前はあっても所属はない。しいて言うなら、戦国時代らしく「日のいずる国の四辻家《よつつじけ》」といったところだろうか。

もちろん、それは彼女の望む回答ではないだろう。そして残念なことに、この回答で問題ないか……と問い質《ただ》すのを躊躇ってしまうほど、護衛の彼女はいっぱいいっぱいな感じであった。

「──あの」

「ん？」

声をかけてきたのは、護衛の彼女の後ろにいた──奥様と思われる人のほうだ。

「誰からの依頼で来てくださったのか、それだけでいいんです」

「あ、それなら──ミルカさんだよ」

「ミルカ……！　そうか、やっぱりあいつが……！　よかった、よかったぁ……！」

護衛の彼女は、今度こそ本当に泣き崩れた。色々限界だったのだろう、ぺたんと腰を落として座り込んでしまい、完全に警戒心を解いている。人目を憚《はばか》らずにわんわんと泣いて、それでも安心感と喜びのあまり笑顔を隠せないでいるようだった。

「あ……そう、やっぱりあの子が……うん、そうよね」

「……？」

一方で、奥様のほうは様子が少しおかしい。嬉しそうと言えば嬉しそうだし、イズミがミルカの名を出した瞬間はぱぁっと明るい雰囲気になったのだが、すぐに……それこそ、その喜びを打ち消すほどに深い悲しみを帯びた表情になったのだ。

「どうした？」

「……いいえ、なんでもないのです。ええと……イズミ様は、ヴェルガル雷山公《らいさんこう》の？」

「ヴぇる……？　すまん、もう一回」

「……辺境伯を、ご存じないのですか？」

イズミは知る由もないが、ヴェルガル雷山公とは元々ミルカたちが頼ろうとしていた辺境伯のことである。

「え……辺境伯からの救援ではないの……？　ミルカは、あの方の元へ逃げ込めたんじゃ……？」

「ミルカからの依頼というのは嘘なのか……？　実は、私たちを処理しに来た暗殺者なのか……!?」

「待て待て！　辺境伯とやらは知らないけど、ミルカさんから頼まれて来たってのは本当だよ！」

「しかし……辺境伯以外で、私たちを助けてくれる力を持つ人なんて……。そんな人がいるなら、奥様はこんなことには……」

「殺伐とし過ぎてるだろオイ……」

しかし、護衛の考えも理解できないことはない。よくよく考えてみれば、ミルカは逃亡中にイズミと出会い、帰らずの森のど真ん中なのに安全に保護されるというミラクルを起こしているのだ。その上さらに、ガブラの古塔が意外と近くにあって救助に向かえるというミラクルに、ガブラの古塔の侵入者撃退システムであろう動く死体をイズミがスルーできるというミラクルも起きている。

よくよく考えなくても、救援側としてはあまりに都合が良過ぎる。いっそのこと、実情を知っている敵側が奥様たちの生死確認にやってきたと考えるほうがまだ自然だろう。

「ああもう……なんかないかな、身の潔白を証明できるものは……！」

「……ミルカの好きなものは？　ホントにミルカの知り合いだというなら、知っている筈」

「ああ、それならわかる！　ミルカさんが好きなのは桃缶……つまり、桃だ！」

「……あいつが好きなのは、野イチゴとラズベリーの焼きたてパイだ」

「……えっ？」

「野イチゴのパイでも、ラズベリーのパイでもない。その二つを使った『焼きたて』パイが好きだとミルカは公言している」

「うっそだろオイ……」

やっぱりイズミは知る由もないが、野イチゴとラズベリーのパイよりも、桃缶のほうがずっと甘味は強い。お洒落《しゃれ》なお菓子という意味では野イチゴとラズベリーのパイのほうがよっぽど上等だが、思い出補正もあって、ミルカの好物ナンバーワンの座には今や桃が就いている。

「やっぱり、ミルカのことなんて全然知らないんじゃ……？」

「いや、ホントに知ってるんだよ……！　あの人、ホクロが多いことをすごく気にしていて……！目元に口元、あとうなじに足、胸元とかにもホクロがあって……！」

「……確かにありそうだけど、逆になんでそんなところのホクロを知ってるの？」

「あ」

色々あって、色々全部見たからです……なんて、口が裂けても言える筈がない。それを口にしたが最後、イズミは別の意味で信頼されなくなってしまう可能性が高い。

しかし——彼女のコンプレックスであるホクロこそが、イズミに一つの天啓をもたらした。

「……あ！　そうだ、ホクロで思い出した！　これなら……これで、どうだ！」

ホクロ、ミルカ、イズミがここを訪れた理由。その三つを合わせれば、答えはすぐ近くにある。

「あ……！」

「これ、は……！」

――一応持っておいて、正解だったなァ。

イズミの手元にあるそれに、奥様も護衛もくぎ付けになって――そして、奥様は感極まったとばかりにポロポロと大粒の涙を流し、笑った。

「ああ……！　テオ……！　こんなに、こんなに嬉しそうに笑って……！」

先ほどまでの憂いの表情はどこへやら。奥様は、嬉しくて嬉しくてたまらないとばかりにイズミが持つスマホの待ち受け画面へと指を伸ばした。

「よかった……！　生きて、笑ってる……！　テオが、テオが……！」

「……これで信用してもらえるかな？」

「ええ、ええ……！　テオがこんな風に笑えているんだもの……！　ああ、本当に、本当に……！」

――ありがとう。

それは、どれに掛かった意味だったのか。今のイズミが、その答えに迷うことはなかった。

▲▽▲▽▲▽▲▽

「――本当にありがとう。そして、すまなかった。救援に来てくれたのに、疑うような真似をして」

ややあって――一息ついてから、護衛の彼女はそう言って深々と頭を下げた。口調は力強いものの、目には未《いま》だに泣きはらした跡がしっかり残っているため、イズミとしては悪いことをしてしまったかのように気まずさが半端ない。

「いや、あんたの役割を考えたら――状況を考えたらおかしなことじゃないさ」

「そう言ってもらえると、助かる」

護衛の彼女――ペトラは、にこりと微笑《ほほえ》んでイズミが持ち込んだ水をこくりと飲んだ。その傍《かたわ》らにはやっぱりイズミが提供したチョコレートの包み紙がある。

「こんなに美味しい水を飲んだのは初めてだ……！　チョコレートとやらも、夢でも見てるんじゃないかってくらいに……死んであの世の楽園にいるんじゃないかってくらいに甘くて幸せだ……！」

「笑えない冗談だな、それ」

イズミがバッグに仕込んでいた分――要は、この塔に侵入するに当たり持ち込んだ分は大した量ではないし、チョコレートだって味のわからないイズミが適当に買った安物だが、それでもほとんど飲まず食わずであったのだろう彼女にとっては、何よりものご馳走《ちそう》になったことだろう。

「あんた……いや、奥様はどうだ？」

「ええ……本当に、生き返ったかのようですわ……！」

「遠慮せず飲んでくれよ。ただ、ゆっくりとな。いきなり一気に飲み食いすると、おなかがびっくりするだろうから」

奥様のほうも、イズミの持ち込んだ水に頬をほころばせ、そして一欠片のチョコレートを口の中でコロコロと転がしている。イズミの言いつけをしっかり守っているのか、それとも一気に食べるのはもったいないと思ったのか。ちょっと判断に迷うが、まぁそんなに大きな問題ではない。

——そういや、ナチュラルに間接キスだけどそこんところどうなんだろ？

さすがにこの状況でそんなこと言ってられないのは間違いないが、イズミには貴族社会における
ルールや法律の類は一切知らないのだ。後々になって不敬罪などでしょっぴかれるのはさすがに困る。

「……遠慮せず、というのは本当にありがたい話だが。その……イズミ殿の分までいただくわけには」

「そうね……手持ちの水だって、限度があるわけだし……」

「いや、そんな状態で遠慮なんてしなくても……」

ペトラも奥様も、囚人服であろうボロボロの貫頭衣を纏っていて——と言うか、それしかない。履物の一つもなければ、おそらく肌着もないだろう。文字通り襤褸を纏った浮浪者のようにしか見えない出で立ちだ。

そして、水浴びもろくにできていない。髪は見るからに傷んでいるし、正直言ってかなり薄汚れている。動く死体どもの腐臭で鼻がイカれていなければ、おそらくイズミはこの部屋に入った瞬間に、女性に対しやってはいけないリアクションをして退散することになっていただろう。

「それに、ここがゴールだって聞いたんだけど。ここに着ければ、万事解決するって——ほら」

胸のポケットに大事に大事にしまってあったそれを、イズミはそっと取り出す。

「む、それは……！」

「……これを、どうすればいいのでしょう？」

奥様もペトラも、驚いてはいる。驚いて、イズミの手の平の上にある鍵をまじまじと見てはいる。

でも、それだけだ。

「えっと……ミルカさんに宛《あ》てた手紙は、奥様が書いたんだよな？　手紙にこいつの挿絵があって、鍵と共にここに来れば万事解決って……」

「え、ええと……ちょっと、待ってくださいね……？」

顎《あご》に手を当てて、奥様が何やらウンウンと唸《うな》り出す。明らかに、想定外であることは間違いない。少なくとも、ミルカの言っていたような『とりあえず奥様のところまで行ければ大丈夫』という話の雲行きはかなり怪しくなってきていた。

「――ミルカは、あなたにあの手紙のことをなんて説明しましたか？」

奥様から出てきたのは、そんな奇妙な問いだった。

「いや……さっき言った通りだよ。奥様が捕まって、ガブラの古塔に幽閉されている。でも、鍵を持ってそこに辿り着くことさえできれば、何もかも上手くいくって……違うのか？」

「……何がどうしてそうなるのだとか、そういう詳しい理由については？」

「……信じろって言われた。理由は言えないけど、とにかく信じてほしいって」

話してくれたことと言えば、【そうすれば上手くいく】という事実そのものしかない。本来だったら信ずるには値しないそれだけれども、しかしミルカがミルカなりの覚悟を持っていて、イズミはその瞳に本気の光を見たからこそ、こんなバカげた救出劇を実行しようと決めたのだ。

――意外なことに、イズミのこの答えは奥様たちを満足させるものだったらしい。

「それなら……ええ、それなら大丈夫ですわ」

「ああ……少なくともミルカは間違っちゃいない。何かあったのだとしたら、おそらく……あまりにもイズミ殿が強過ぎた……といったところか？」

「んんん……？」

事態は何一つとして好転していない。なのに、奥様たちは嬉しそうに笑っている。

「なぁ、いったいどういうことだ？　もったいぶらずに教えてくれよ」

「……できません。知っていたとしても教えられませんし、どのみち今回は私たちも知りません」

「だが、信じてほしい。私たちではなく、信じろと言ったミルカ自身を。そのうえで……奥様、言える範囲のことは言ってしまうべきでは？」

「そうね、そうしましょう……と言うか、そうするべきなのよ、ここまで来たら」

既にイズミの頭の中はハテナマークでいっぱいだ。混乱の極みと言っていい。何がなんだかわからないから、口をはさめず黙って話を聞くしかないというのが実際のところである。

「ええと、まず……私は、イズミ様の持つそれがなんなのかはわかりません。知っているのは、それが鍵であるということだけ。それがどういうものなのか……どうしてこれがこの事態を解決することに繋がるのかは、わからないのです」

「ちょ、ちょっと待て……！」

奥様の発言に、イズミが驚かない筈がない。

「その口ぶりだと……なぁ、鍵ってのは【解決のための鍵】ってことか？　そういう意味で【鍵】って言ってるのか？」

「……そ、そうですけど」

「いやいやいや……そういう意味じゃなくて、これ、俺の家の鍵だぞ⁉」

「は……？」

奥様の顔も、ペトラの顔もぴしりと固まった。

「か、鍵……？　それが家の鍵？　いや、鍵っていうのはそんな出来損ないの板みたいなものじゃなくて……もっとこう、細い棒みたいなものだろう……？」

「……知っていて描いたんじゃないのか？　そもそも、どうやって……使い方も、あるかどうかすらもわからない俺の家の鍵を知ったんだ？　どうして、これで上手くいくと思ったんだ？」

「そ、それは……てっきり、強力な魔道具か、援軍を呼ぶための割符か何かかと……」

「ペトラっ！」

慌ててペトラが口をつぐむ。が、発してしまった言葉が戻ることなんてある筈がない。

そもそもが、鍵だ。誰がどう繕ったってこれはイズミのあの家の鍵である。その役目はあの扉の開閉を司《つかさど》るというだけで、それ以上でもそれ以下でもない。

なら、どうして——奥様は、この世界に存在しない筈の鍵を知り、そして使い方すらわかっていないのにこれでなんとかなると手紙に書いたのか。ペトラの反応を見る限りでは、強力な武器か身分証のようなものになる——【事態解決の役割を持つ鍵】であると推測していたようだが、そもそもその考え自体が謎だ。

「待て待て……ちょっと落ち着いて、話を整理しよう。間違ってたら、言ってくれ……」

「え、ええ……」

「まず俺のほうからな。あの鳥……シャマランからの手紙で、奥様たちが幽閉されていることを知った。で、ミルカさんが言うには、手紙に描いてあるこの【鍵】と共に合流できれば、それで何もかも上手くいくって……。ミルカさん自身、描いてあるものがなんなのかはわからなくて、それがたまたま俺の家の鍵で……そして、どうしてそれで上手くいくのかの説明はなかった。ただ、信じてくれと」

「そ、そうですね……。内容も挿絵も、私がミルカに宛てた手紙に間違いありません……」

「だけど、あんたらは……【鍵】の中身までは知らない。【鍵】があれば解決できるって漠然と知っているだけ……自分が描いたものがなんなのかすらわからないのに、それだけはわかっている……」

「そ、そうなるな……」

「――理由はやっぱり『言えない』？　それとも『言わない』？」

「……基本的にはその両方で、今回に限って言えば『言いたくてもわからない』が正しいです」

「……」

「今度は、私からの質問になるのですが」

わからない、言えない……そんな状態なのに質問なんてあるのかと、イズミは思う。いや、だからこその質問なのかと思う自分もいれば、はっきり言って時間の無駄だと語る自分もいる。

いずれにせよ、元々一般人と同じごくごく普通の平均的な脳みそしか持ち合わせていないイズミにとって、このファンタジー（？）な会話はあまりにも難解過ぎた。

「何かこう……変わった感じだとか、大いなる予兆を感じたりはしていませんか？」

「……同じことを、塔に入る前にも聞かれたよ。何もないって答えたら、やっぱり奥様に会わないとダメなのかもって」

「む……待て、つまりそれって……ミルカもこっちに来てるのか!?」

「ミルカさんも、テオもいるぜ？」

「え……どうして……!?」

「あー……そこから話さないといけないか」

そういえば話していなかったなと思いつつ、イズミは自身のことをかいつまんで話す。

「俺さ、異界の人間らしいんだよ。ある日気付いたらこの帰らずの森に家ごと迷い込んでいて、それでずっと暮らしてたら……テオを抱いたボロボロのミルカさんが迷い込んできた」

「い、異界……？　まさか、そんな……」

「ホントホント。で、ミルカさんを助けて暮らしてたら……例の手紙が来てさ。中のアクセサリーを見るに、意外と近くにいるっぽいから助けに行ける……ってのは良かったんだけど、異界の人間だからか、俺に魔法の素養がまったくなくて。せっかくのアクセサリーも俺じゃ使えなかったんだよ」

「そっか、だからミルカが案内人として必要になった……テオが一緒なのは、家で一人でお留守番ができないから……待って、それってまさか……」

信じられないとばかりに、奥様がイズミのことを見た。

「イズミさん……ここに、強力な魔封じが施されているのはわかりますか……？」

「えっ」

「……水の巫女として歴代最高と名高い奥様が、何もできなくなるほどのものだ。大して魔法の素養のない私にさえ、息苦しさを感じるほどのものなのだが」

ああ、だからかとイズミは思い当たる。以前、ミルカは奥様のことを【歴代の中でもトップクラスの水の巫女】と言っていた。現実の巫女ならともかく、ファンタジーの巫女であり、特別な力を秘めていて――そして、あのテオの母親だ。

そんな人が、黙って幽閉などされるだろうか？　ましてや、ここに出てくるのは動く死体ばかり。巫女様の力をもってすれば、簡単に駆逐できそうな相手である。

「……全然気付かなかった。と言うか、魔法関係はマジで何もわからないんだ。魔法の匂いってのも全然わからないし、俺自身からも魔法の匂いはしていない……らしい」

「……本当ね、なんか変な匂い」

「あの、言い方」

「でも……これで少しだけ、わかってきたかも」

「うそぉ」

「鍵と共に、私と会うのがゴール……それ自体は間違っていない。理由は言えないけれど、それは問題ないの。問題なのは……今の私の状態のほう」

つまり、奥様の魔力が封じられているから物事が上手く回っていない。逆を言えば、奥様の魔力が解放されればその瞬間にクリアとなる。

じゃあ、どうやって解放させるのか。その答えは実に、シンプルだ。

「私を連れて、この魔封じの外へ出ればいいんです。塔の敷地内から出られれば、その時はきっと」

奥様が、確信を持ったように笑った。

「何もかも上手くいく筈です――水の巫女の名に誓って」

◇

「うぉ……こんな風に、なっていたのか……」

しばらく休憩した後、三人は塔から脱出すべくその部屋を後にすることとなった。奥様を連れて魔封じのない敷地の外に出ることさえできれば、今度こそ本当にすべてが解決する……となれば、さっさとそこから出ない道理はない。

「あれ、何度か脱出を試みたって言ってなかったか？」

「試みはしたが、ほぼ真っ暗でな。……ほら、そこの曲がり角を越えたところで、ようやく向こうの階段の窓の明かりが見えるくらいだろう？」

「ああ……むしろ、真っ暗でよくぞまああそこまで……」

「必死だったからな」

奥様もペトラも、格好は例の囚人服と思しき貫頭衣のままだ。しかしペトラは、その片手にイズミから借り受けた草刈り鎌を装備していて、そして奥様はイズミが持っていた松明を掲げている。

先頭にはライトと鉈を持ったイズミ、真ん中に松明を掲げた奥様、そして殿《しんがり》に草刈り鎌を構えたペトラ……と、そういう布陣であった。

「……う」

「あー……奥様もペトラさんも、なるべく見ないほうがいい。女子供が見るには刺激の強過ぎるものが、そこらに」

基本的に、イズミはフロアの燭台という燭台に明かりをつけまくってこの塔を上ってきた。その結果、ペトラが脱出を諦める最大の原因となった真っ暗闇は解消され、在りし日の如く……とまではいかないものの、塔の内部には人が住んでいてもおかしくない程度には明かりが満ちている。

しかしながら、明かりを灯したことによって文字通り死屍累々《ししるいるい》と横たわる死体の姿が露《あら》わになってしまっている。それは元々ここにあったものはもちろん、つい先ほどイズミが丁寧にあの世に送り返した成り立てほやほや（？）の死体もあった。元々死体だったがゆえに思ったほどは血だのなんだのが飛び散ってはいないが、ショッキングな光景であることには違いない。

「私は大丈夫だよ。こう見えて、護衛だったから……でも、奥様は」

「……私も、大丈夫です。ちょっとクラっとしたけど、でも、それだけ。子供じゃありませんし、変なお気遣いは無用ですわ」

そんな言葉をそのまま信じるほど、イズミは子供じゃない。ペトラのほうは言葉通りホラー映画も真っ青なその光景を見ても多少眉をひそめただけで平然としているが、奥様ははっきりとわかるほどに顔が青くなっているし、微妙にカタカタと震えてもいる。後ろを見なくとも、松明の明かりが必要以上に揺らめいているからわかるのだ。

「……さっさと降りちまおう。ペトラさん、一応後ろは気を付けて」

進む。

奥様たちが閉じ込められていたのは最上階……おそらく、七階。そこだけ階段を上りきったところに設《しつら》えられていた部屋で、七階はその部屋しかない。イズミたちが今歩いているのは六階で、幸いなことにここでは動く死体の襲撃《しゅうげき》もなかった。

「……む」

――オオオ、オ

問題があったのは、五階に降りたところだった。

「動く死体……！」

「ああ……なんて憐れな……！」

廊下の向こうの方。目玉のない眼窩《がんか》がしっかりこちらを見据え、半分方腐って崩れている左腕を前に突き出しながら、あまりにも憐れで悍《おぞ》ましい亡者がイズミたちの方へと近づいてきている。

燭台に照らされたその顔に表情なんて一切ない。しかし、奥様は彼《か》の者を見て一粒の涙を流した。

「ちっ……全部始末したと思ったのに、まだいやがったか……！」

「来るぞ……！　どうする、二人で迎え撃つか……!?」

「いや、あれなら……あれこそ、俺一人でやったほうがいい。ペトラさんは後ろを警戒して」

生者の中に宿る命の炎が欲しくて欲しくてたまらないのだろう。そいつはかつて同胞であったかもしれない足元のそれをなんのためらいもなく踏みつぶし、脇目も振らずこちらへとやってきて。

「オラァッ！」

――イズミの渾身の一撃が、モロに顔面に直撃した。

「この野郎！　この野郎ッ！　このッ！　このこのッ！」

間髪入れず、二撃、三撃とイズミは鉈を叩き込んでいく。武術を齧ったわけでもなんでもない、ひどく原始的で力任せな動き。顔をグチャグチャに潰した後は首をすっ飛ばし、それでなおぴくぴく動く手足を両断して、止《とど》めとばかりにもぞもぞ動く胴体の真ん中よりやや上――要は、心臓があったであろう部分を思い切り踏みつぶす。

――ぴしゃって、茶色くなったそれが壁に染みを作った。

「……ふう」

「……」

「……」

動く死体は完全に沈黙した。奥様たちも完全に沈黙している。

「……どうした？　ここまでやれば、さすがにこいつらも動かない……と、思う」

「あ、ああ……うん、そうだな。きっとそうだと思うよ」

「……なんか歯切れが悪いな？」

「いえ……その、思ったよりも……ワイルドな方だったんだな、って……」

獣のように雄叫びを上げ、滅多矢鱈《めったやたら》と鉈を振るって執拗に相手を痛めつける。ありていに言って、真っ当な人間の戦い方ではない――野蛮人のそれだろう。どんなに言葉を取り繕っても、【だいぶヤバめの殺人鬼】くらいがせいぜいだろうか。

「あー……俺の世界にはこんな化け物なんていなくて、俺は戦ったことなんてなくってさ。初めてこっちで変な化け物に襲われた時、死に物狂いでなんとか倒したんだけど、その時の癖が……」

「ああ、うん。ちょっとびっくりしただけで、悪いことじゃないさ。魔物の中には首を落としても生きてるやつもいるし、そうでなくとも生き物というのは意外と強い。明らかな致命傷でも最後の一矢を報いてくるやつなんて腐るほどいる。きっちり止めを刺すのは正しいことだよ。ただ……」

「ただ？」

「その、あまり声を上げないほうがいい……かも？　誤解を招くかもしれないし、そうでなくともほかの獣を呼び寄せる可能性が」

「……そうだな!?」

「……魔物がいない世界に住んでいたというのは、本当みたいね」

ただ、それにしてはとペトラが首を傾げた。

「その口ぶりだと魔物との闘いはそんなに経験がないようだが……それにしてはずいぶんと勇ましい動きだったな。まるで傷つくのさえ厭《いと》わないような。お節介かもしれないが、これでも一応剣の先輩として、もう少し慎重に動くことを提案するよ」

「ああ、それについては……割と特殊な事情が」

「特殊な事情?」

「ああ……っと、また来たぞ」

誂《あつら》えたように、さらに通路の向こうから二体の動く死体がやってきた。外にいた連中が中に入ってきたのか、それとも単純にイズミが見逃した部屋の中にでもいたのか。あるいは、行きの時は普通の死体だったそれが動くようになったのかもしれない。

「二体……左は私がやろう。右はイズミ殿が――」

「いいや、二体とも俺で十分」

「おい!?」

すたすたすた、とイズミは前へ進む。そして、完全に無防備な――イズミのことなんて見えていない動く死体の顔面に、全力のフルスウィングを叩き込んだ。

「なっ――!?」

「うそ……⁉　なんで、襲われないの……⁉」

「こいつら、魔法の匂いで敵を感知しているらしい。……ほら、俺には魔法の匂いがないって言っただろう？」

「つまり、イズミ殿はこいつらに気付かれない……！　気付かれないから、襲われない……！」

「そう。襲われないから、好きなだけ攻撃し放題。どうせこいつら、目も耳もまともに動いてないんだ。たぶん、俺に攻撃されたってのもわかっていない。しかも、今回は」

「……魔法の匂いを発している、私たちに夢中になっている。無防備で隙だらけのところを、全力で攻撃すればいい」

イズミがこの塔を上ってきた時も、動く死体とは戦闘とも呼べぬそれがあった。しかし、変にうろついたり通路を塞いでいたりしてくれていたおかげで、ただサンドバックにするだけとはいえそれなりにやりづらかったのもまた事実。

しかし今回は、言い方は失礼だが誘蛾灯《ゆうがとう》の役割を果たす——魔力の匂いを放つ、奥様とペトラがいる。動く死体がそれに夢中になっているおかげで、正真正銘無防備な背中をイズミは遠慮なく攻撃することができるのだ。

「この感じだと……どうも、行きで俺が取りこぼしたやつが結構いるみたいだ。今は明るいし、不意打ちの可能性もないとは思うが……基本的に、俺が少し前を先行する」

「しかし、それでは……イズミ殿の負担が大きいのでは？」

「先行するって言っても、せいぜいがこの距離さ。単純に、万が一に備えてなるべく奥様たちとの距離を取っておきたいってだけ。早めに処理できるに越したことはないし、どうせ俺、襲われないし」

「む……いや、そうだな。そうしてもらえると、助かる」

「ええ……本当に、ありがとう」

そうと決まれば話は早い。さっそくその陣形で三人はずんずんと塔の中を進んでいく。

やはりというか、イズミが取りこぼしたか、あるいは奥様たちの魔力の匂いに惹《ひ》かれて新たに現れた動く死体はそれなりにいた。ゴキブリや鼠のように……と言えるほどではないが、それでもしっかり駆逐し尽くした筈の部屋から出てきた時なんて、イズミもかなり肝が冷えた。

しかし、最初の時と違って今は既にフロア全体に明かりが灯っている。不意打ちなんてされる筈がないし、奥様が掲げている松明もある。数回ほど後ろの方から襲われたこともあったが、それはペトラが護衛の名に相応しく見事に始末して見せていた。

「おお……なんか、すごく手慣れている感じがするな……！」

「武器もあって、視界も利いているのなら……この程度の相手に後れを取るわけにはいかないよ」

普段ペトラが使っている武器は細めの長剣なのだという。草刈り鎌とは似ても似つかない形状だが、そこは剣士と言うべきか、ある程度のものならばどれもそこそこ程度には扱えるらしい。

「しかし、そうなると……この塔自体がなかなかエグい造りになってるのな」

「ええ……送られてきた段階で、武器は取り上げられています。魔法なら杖《つえ》がなくとも発動できますが、ここは敷地内に魔封じがかかっていますし……」

「助かるには、戦えない状態で動く死体が蠢く真っ暗闇を突っ切るしかない……そりゃ無理な話だ」

「しかも、仮に出られたところで帰らずの森の真ん中とはな……」

「普通なら助けに来る人もいない……場所さえわからないってか。案外、ここの動く死体って……」

「……たぶん、そういうことなのでしょう。罪人を送れば送るだけ、どんどんここの機能は強化される。……その割には、あの部屋だけ安全地帯であったり、わずかで粗末なものとはいえ食事が届いたりしたのが不思議ではありましたが」

「このシステムを管理しているのが、すげえ性格悪いやつだってだけじゃないかなァ」

四階、三階。決して簡単な道のりではないが、しかし順調にイズミたちは塔を下っている。最初こそ会話も必要最低限、常にピリピリと緊張感を持って歩を進めていたが、この頃になるともう、歩きながらでも——それこそ、戦闘中でさえ冷静に話し合う余裕ができていた。

「……なんか、思った以上に順調だな？」

「む、むう……普通なら、こう簡単にはいかない設計だと思うんだが……」

「予想以上に、イズミさんがこの塔の攻略と相性が良かったってことですかね……？　だから、色々と想定外が起きつつある……？」

想像していたような試練や困難はない。【奥様の元に鍵を持って辿り着け】というミッションも、【奥様を魔封じの外へ連れ出せ】というミッションも、達成できそうな感じがひしひしとする。

襲ってくる敵なんて、それこそ動く死体くらいしかいないのだ。後はせいぜいが壁の隙間なんかにいる（おそらく）毒蛇くらいだが、それはこちらからちょっかいを出さない限りは襲ってこないし、臆病《おくびょう》な性格なのか通路を塞ぐような真似もしていない。

「……これは、独り言だけどさ」

「うん？」

「さっきからどうも……順調過ぎるから予想外だとか、上手くいき過ぎているから当初の予定と違う……みたいなニュアンスのあれこれを聞いている気がするんだが」

「……」

「わからないなりに【何か】をわかっていて、俺がみんなの期待以上の役割を果たしているおかげで、【それ】が上手くいってなかったり……するのか？」

「……」

「もちろん、独り言だ」

つまるところ、都合が悪ければ答えなくてもいいし、こっちもなんとなくそれくらいまでは察しているのだぞ……ひいては、こっちはそういう風に捉えているんだぞ、という意思表示。答えが返ってきてもこなくても、イズミにとってはそれほど影響のないことで、しかしここまで順調ならそろそろ種明かしの一つくらいはしてくれてもいいんじゃないか……って、そんな気持ちの表れ。

「……こちらも、独り言ですが」

「奥様……！　い、良いのですか……？」

「独り言ですよ？」

やっぱり大人は本音と建前が大事なんだなと、イズミは場違いにもそんなことを思った。

「水面に映る月……あるいは、水底に儚《はかな》く揺蕩《たゆた》う月。あなたは今、そんな月が浮かぶ池のほとりにいる。あなたはどうしても、池の真ん中に浮かぶそれを間近で見てみたい」

「……」

「ええ、【見えて】いるのです。【わかって】いるのです。そこにそれがあると、あなたはそこからしっかり認識しているのです。――じゃあ、後は見に行くだけ」

「……ふむ。さっさと見に行けばいい……って思うのが素人なんだろうな」

「ふふ……それこそが人というものですよ。でも……慌てて近づいたら、水面が波打ってしまいます。小さな波紋が大きな波紋となって……ああ、気付けば、そこにあった筈の月が消えています」

「……」

「水底にあったかもしれないそれは……慌てて来たせいで、水中に土が舞って……ううん、中の泥に呑《の》み込まれてしまったのかも」

「……水の中で歩くと、意外と土を巻き上げるもんな。底が泥だったたってんなら、近づく時の振動でズブズブ沈み込むかもしれない」

「いずれにせよ……ゆっくり近づけば見えた筈のそれは、見えなくなってしまいました。どこかへ消えてしまいました。水面に映る月なんて、ちょっとしたことで揺らいで見えなくなるような、そんな儚い存在です。早く動き過ぎても、遅く慎重になり過ぎても、ダメなんですよ」

「……」

「そもそも……見えていたのは、本当に月だったのかしら？　もしかしたら、純白の亀の甲羅だったのかもしれないし、あのアウロニアの白花だったのかもしれない。女神さまが落としたコインっていうのもあり得るかも」

「いいね、なんか夢が広がる単語ばかりだ」

「【そう】なのですよ。私たちは池のほとりでそれを【見ただけ】。それの正体までは、実際にそれを手に取ってみるまではわからない……それが難解であるものなら、なおさら」

「……ふむ」

「そして……池の水が透明であるとも限りません。その水は、とても濃くて、深い。透明……透明なのかしら？　クリアなのに、私たちにとって見通しがとても悪い。いえ、私たちの目じゃ捉え切れないってだけ？　今まで見たことがないくらいに……すごく異質な水なの」

「ほほぉ……」

「もう一つ付け加えると」

「ん？」

「池に映ったそれを教えてくれる可愛《かわい》い妖精さん、今はちょっと目を患っているみたいなの」

「……そりゃあ、一刻も早くお医者様に診《み》せないとな」

何がなんだかよくはわからない。わからないが、今まで以上に大量で、そしてあいまいな情報を奥様はくれた。何かのたとえや暗喩であろうが、とりあえず【ゆっくり】【順当に物事を運ぶ】のが肝要であるのだろう。奥様があれ以上何も言わないところを鑑みるに、今現在イズミが理解していいのはおそらくここまでということの筈なのだ。

「独り言の追加だけど」

「あら？」

「妖精さんが誰だかは知らないが、妖精と思えるほどに可愛いやつなら知ってるぜ。たぶん、妖精さんと目元がそっくりで、笑った顔もそっくりだ。……まぁ、そいつはちょっと泣き虫かもだけど」

「……」

「俺としては月とかどうでもいいんだ。ただ、妖精みたいに可愛いそいつを、妖精さんに会わせたらどうなるか……それだけが、気になる」

「……きっと、妖精さんは我がことのように喜ぶと思います」

「ああ、俺もそう思う。そして、そんな笑った妖精さんたちと一緒に家に帰って……あったかい飯食ってあったかい布団で寝るのが今の俺の願いだよ――さぁ、ようやくこれでおしまいだ」

とうとう、イズミたちは塔の一番下まで降りることができた。大きなホールとなっているここまで来れば、通路の影や空き部屋からの動く死体の急襲に怯《おび》える必要はない。すぐ向こうに出口の明《あ》るい光が差し込んでいるし、後はなんとかして外の動く死体どもをまいて森に逃げ込むだけである。

「いったんミルカさんとも話をしておきたいな……幸いにも、日はまだまだ高いし、作戦を練る時間は……ん？」

違和感。一度来たことのある場所の筈なのに、まるで初めて来たかのように……景色に見覚えがない。いや、一つ一つの部分的なそれは見覚えがあるのだが、全体としての印象が妙に異なるのだ。イズミがもう少し雑学を嗜《たしな》む人間であれば、ジャメヴと表現したことだろう。

「なんだ……？　明るくなったから……？　違う、何かの配置が変わった……？」

獣が入り込んで暴れたか、あるいは動く死体が入り込んで暴れたか。明らかに何かが違うのに、それが何かわからない。気にしなくてもいいようなことの筈なのに、なんだか妙に気持ち悪く、例えられない胸騒ぎがする。

――ガ、ギ、ゴ。

「あ、ああ……!?」

「ん？」

パクパク、とペトラと奥様が口を動かしている。

「なん、だ、アレは……!?」

「え……なんッ!?」

振り向いて、イズミは絶句した。

――ゴ、ゴ、ォォォ！

イズミが覚えた違和感。

階段を降り切ったところから、塔の出口の光なんて見えるわけがないのだ。だって、階段と出口の間、言い換えればほとんど何もないこのフロアのど真ん中には。

「なん、だよコレ……」

巨石の武器を振り上げる、大きな騎士鎧がいる。来た時はピクリとも動かなかったそいつが、明確な敵対の意思を持ってイズミたちの前に立ち塞がっている。

「はは……どうせ見掛け倒しだろ？　お前もペトラさんたちの魔力に反応したってオチだな」

「バカっ！　ぼさっとしてないで動けっ！」

「あ……？」

イズミの面前に迫る、巨大な石の剣。

――そいつは明らかに、イズミのことを認識していた。

3　最後の番人　-Warfare-

「あぶないっ！」

どん、と横からの衝撃。突然のことに耐えられる筈もなく、イズミは吹っ飛んでいく。

少し前までイズミがいたところに、一拍遅れてそれとは比べ物にならないほどの衝撃が襲った。

「う、わ……」

巨大な石の剣による、ただひたすらに重い一撃だ。切れ味という観点ではお世辞にも褒められたものじゃないが、破壊力だけを見ればそこらの名刀よりもはるかにすさまじいものを持っている。

人を輪切りにすることはできなくとも、たったの一撃で原型がわからないほどにミンチにできるであろうことは、元が石の床だったとは思えない大きな破壊の痕を見れば素人でもわかることだ。

「イズミ様っ！　立って！」

イズミを横から突き飛ばしたのは——突然の出来事に呆然《ぼうぜん》としていたイズミを助けたのは、奥様だった。今もまた、あまりの事態に頭が働いていないイズミの手を取って、慌てたように立ち上がろうとしている。

「すまん、迂闊《うかつ》だった！」

よりにもよって、守るべき奥様に助けられてしまうとは。そうでなくとも、向こうは女で一児の母だ。本来なら、男である自分のほうこそ率先してこの場をなんとかする必要がある——と、イズミの価値観ではそういうことになる。

あまりの自分の迂闊さに、イズミは盛大に舌打ちをした。

「こっちだデカブツ！」

横合いからペトラが躍り出る。その騎士の腕を狙い、草刈り鎌の一撃を叩き込んだ。

が、しかし。

「くぅ……っ！」

――ゴ、ゴ。

強力な一撃を加えた筈のペトラの方が眉をひそめ、そして騎士のほうはまるで何事もなかったかのように平然としている。煩いハエを叩き落とすかのような自然な動きで、ついさっきまでペトラがいた場所に石の剣を叩きつけた。

「ペトラさんっ！」

「大丈夫だ！　こいつ、動きは思っていた以上に遅い！」

実際、その通りなのだろう。ペトラは騎士の攻撃の隙をつき、その懐をさっと通り抜けてこちらへとやってきた。イズミからしてみれば、少しだってあんな危ない存在に近づきたくはないというのに、一切のためらいがない。

「奥様も、イズミ殿も無事……だな」

「え、ええ。ペトラのほうこそ、大丈夫？」

「はい。ただ……」

出口の前に、あの騎士鎧が居座っている。そいつはしっかりと盾を構え、ここから先は何人《なんぴと》たりとも通さないとばかりに無言のプレッシャーを放っていた。

「あいつをどうにかしない限り、脱出は難しいですな」

「くそ……っ！　来た時はあいつ、動かなかったのに……！」

あの大きな騎士鎧は、このガブラの古塔に入って最初にイズミが見つけたものだ。その時はこんな風に動き出したりはしなかったし、そもそも触って動かそうとしても動かないくらいに大きく重いものだ。そんなものが帰りになっていきなり動き出して襲い掛かってくるだなんて、堪《たま》ったものじゃないとイズミは思う。

「ああ……だから、イズミ殿は反応が遅れたのか」

「すまん。あと、ありがとう。奥様がいなかったら本当に死んでいたかも」

「いえ……今の私にできることなんて、それこそ体を張ることくらいですし……」

幸いにして、あの騎士鎧……石の騎士は、積極的にこちらを倒そうと動くわけではないらしい。その目的はあくまで【生きた人間を塔の外へ出さない】ことであるようで、イズミたちがこうして話すだけの余裕はある。

もちろん、これはあくまで推測でしかない。もしかしたら次の瞬間襲ってくるかもしれないし、塔から出ても襲ってくる可能性はゼロじゃない……むしろ、高いほうだと言えるだろう。

「イズミ様、ペトラ……あれ、倒せそうかしら？」

「……今の手持ちの武器じゃ、難しいです。さっき、確実に捉えた筈の攻撃でビクともしませんでした。正直、いつもの剣があっても……」

「……俺の鉈でも、たぶん同じだ。ペトラさん、手ごたえってやっぱり石みたいな感じか？」

「ああ。あんなのをまともに切りつけていたらすぐ刃がダメになる……いや、もうダメかも」

燭台のぼんやりとした光に照らされたそれは、イズミが見てわかるほどに刃毀《こぼ》れしていた。たったの一撃でこうなってしまうとなると、刃による攻撃は通用しないと考えたほうがいいだろう。

「最後の最後でこれかよ……！　それにあいつ、俺のことが見えていやがった……！　てっきり動く死体と似たようなものだと思ってたのに！」

「イズミ殿が最初に入った時は動かなかったというのも少し気になるな……やはり、魔力か？」

「……きっと、ゴーレムの機能を持たせた魔法鎧の類かしら。起動条件が生きた人間の魔力で、敵の感知が動きや音だと思う」

生きた人間が塔に入ってきたなら、それに反応して動き出す。塔の中の人間が外に出ようとしても、やっぱり反応して動き出す。なんらかの方法により魔力を偽装すれば反応させずに塔の中に入ることができるが、中の人物を連れ出そうとすればやっぱりアウトだ。

魔力を発していない人間なら、石の騎士と戦う必要はない。しかしそうなると、塔の中や周囲をうろつく動く死体に対処する術がない。魔力のある人間なら動く死体に対処できるが、石の騎士と戦う羽目になるし、そもそもこのガブラの古塔には魔封じが施されている。

「ちくしょう……楽はさせてくれないってことか……！　考えたやつ性格悪過ぎるだろ……！」

「だが恐ろしく効果的だ。魔法を使わずこいつを倒す方法なんて、攻城兵器でもなければ……」

もっと言えば、現実はさらに拙い事態だったりする。

「……今更だけど、さ」

「ん？」

「……戦力としての俺、あんまり期待できないと思う」

「……えっ」

「その……さっきの動く死体みたいに、無力化したりして無抵抗な相手としか戦ってきてないんだ……。あんな、攻撃の隙をついて背後に回るなんて、絶対無理だ」

「むっ……いや、別に謝ることでもないさ。イズミ殿は憲兵や護衛でもなく、ましてや冒険者でもない一般人だったのだろう？　むしろ、こんな事態に巻き込んでしまったこちらのほうこそ……」

ペトラの慰めの言葉。しかし、それで事態が好転するわけでもない。こちらにはまともな攻撃手段がなく、目の前には打倒するにはあまりにも大き過ぎる敵が構えている。唯一の救いは、敵の動きが比較的鈍重であることとくらいだろうか。

「とはいえ、弱ったな……上に戻れば襲われることもないだろうが、それじゃ意味がない」

「出直して機会を窺《うかが》うにしても……正直、使えそうなものがここにあるとは思えない。明るいうちにケリをつけないと余計にひどくなりそうだし、外で待たせているミルカさんとテオも心配だ」

「……ねえ、イズミ様」

ここで、話を聞くばかりだった奥様が声を上げた。

「動く死体に襲われないのは魔力がないからって話でしたが……この塔に来るまでの、森の中での道程ではどうしていたんですか？　森の中にだって魔物はたくさんいたでしょう？」

「ああ……一つは、この魔獣避けのマントを作ったんだ。俺の世界にある害獣避けとかをありったけ染み込ませたやつだな。こっちでもそれなりに効果があったっぽい」

「なるほど……変な匂いはこれからも出ていたのね……」

「……後は、これにも使われているクマよけスプレーだな。相手を無力化する霧を吹き出す道具って言えばいいか？　どうしても戦う必要があった時は、これで無力化してから叩きのめしていた」

「ん？　なら、それを使えばあいつも止められるんじゃないか？」

「いやァ……。無力化の仕組みが問題でさ。要は、尋常じゃなく……それこそ、命の危機を感じるほど目に染みて咽《むせ》かえる成分を吹き付けるものなんだ。めちゃくちゃ濃縮した塩水やコショウや辛《から》子《し》の類を、目や鼻や口に無理やりツッコむってイメージか？」

「うわ……そりゃ、確かにまともじゃいられないだろうが……しかし、あの石の騎士では」

「効かないだろうな。あいつ、見るからに普通の生き物じゃないし。ちなみに、動く死体にも効かなかった。……ただの魔獣なら覿面《てきめん》なんだけど」

「……だが、霧を出す道具ではあるんだな？」

「まぁ、そうだけど……霧って言っても、赤とかオレンジのやつだぜ？」

「構わないよ……私に一つ、アイディアがある」

ペトラが改まった表情で、はっきりと告げた。

「私が囮になろう。反対側に引き付けるから、その隙にイズミ殿は奥様を連れて出口へ逃げてくれ」

「はァ⁉」

「ペトラっ！」

イズミも奥様も、抗議の声を上げようとする。が、ペトラのその真剣な表情は、二人が思わず行動を止めてしまうほどに覚悟と意志にあふれていた。

「冷静に考えてほしい。現状で一番確実で合理的なのは、この方法だろう？」

「で、でも……！　それなら、私が囮になれば……！」

「馬鹿言わないでください。なんのためにイズミ殿がここに来たと思っているのですか。なんのために、私がここにいると思っているのですか」

「だけど……囮なら、俺だって……！」

「イズミ殿。ここから出られたとしても、すぐ外には動く死体がいるんだろう？　情けない話、私じゃ奥様を守り切れないんだ。それにまったく勝算がないって話じゃない。……イズミ殿と奥様が魔封じの外に出さえすれば、もう勝ちなんだから」

ペトラの言い分はもっともだ。ここから脱出するには誰かを囮にするほか現状では手立てがない。そしてその「誰か」はペトラが最も相応しい。戦闘経験の劣るイズミでは満足に囮の役割を果たせないだろうし、ペトラでは外に出た後の動く死体の対処ができない。何より、今のイズミたちの目標は魔封じの外に出た状態でイズミと奥様が会合することである。この時点でもう、ペトラ以外の選択肢はなくなっている。

「やつが動きで感知しているのか、音で感知しているのかはわからないが……赤い霧があれば、多少なりとも撹乱《かくらん》にはなるだろう。……何、こっちだって死ぬつもりはないさ。上手く誘導して、なんとか外に出て見せる。狭い場所でなければ、あんな鈍間《のろま》にしてやられる筈もないしな」

「……」

「だから……頼む」

「ペトラぁ……！」

「イズミ殿……奥様を、頼む。なんとかして、テオ坊ちゃんと会わせてやってくれ……！」

「……わかったよ。でも、それはペトラさん、あんたも一緒だ。仮にも護衛だってんなら、奥様を心配させずに切り抜けてくれよな」

「……ありがとう」

そうと決まれば、後は早い。

「――こっちだッ！」

ペトラが大きな声を上げて躍り出る。わざとらしく鎌を振り上げ、クマよけスプレーを片手に持って。まったく意味もなく地団駄を踏み、殊更目立つように、挑発するように石の騎士を睨みつけた。

――ガ、ゴ、ゴ。

何に反応したかはわからないが、石の騎士はそんなペトラを目標に定める。鈍重な、されどあまりに大き過ぎる圧迫感を纏いながら、その巨大な剣を叩きつけようとゆっくりと動き出した。

「今だっ！」

「おう！」

一瞬。ほんの一瞬の隙をつき、ペトラが石の騎士の面前にクマよけスプレーを噴霧する。風のないところだからか、ほんの少しだけその特徴的で刺激的な匂いがイズミの鼻を突いた。

「行くぞ！」

半ば無理やり奥様の腕をひっつかみ、イズミは出口に向かって走り出す。先ほどまではあまりに絶望的だったその小さな隙間を目指して。

「舌ァ、噛むなよッ！」

「きゃっ⁉」

走って。

走って走って走って。

近づくほどに大きくなる、その巨大な石の鎧。こちらを見ていないことはわかってはいるのに、しかしそれでももしかしたら……という気持ちがむくむくと起き上がる。そんな自分の意志の弱さを無理やりねじ伏せながら、イズミはかび臭さと面前に迫る石の質感を一切無視し、出口の光だけを考えるようにした。

「ええい、南無三《なむさん》ッ！」

すり抜ける。

直後にも、上から石の剣が振り下ろされるのではないか——一瞬の間にそんな考えが頭の中を巡り、冷や汗が瞬間的に背中をぐしゃぐしゃにする。

しかし——何も起こらない。

起こらないまま、イズミも奥様も、しっかりと走り抜けた。

ペトラが石の騎士を十分に引き付けてくれていたのか、それとも色んな意味で状況に舞い上がりテンションがおかしくなっていたのか。どうしてイズミが、そんな普段は絶対にできないようなことができたのかは……今となっては、誰もわからない。

「ぬけ、た——!?」

「ペトラっ!?」

破壊音。

出口に辿り着いたと息を抜いた瞬間、後方から大きな音がした。

――ガ、ガ、ガ

「走れぇッ!!」

生きてる。ペトラの声だ。土煙で向こう側なんて見えないが、ペトラが叫んでいる。

しかし――これでは。やっぱり、どう考えても。

「いや！　いや！　ペトラぁっ！」

「……行くぞ！　まだ終わったわけじゃないんだ！」

大丈夫。あいつは鈍間で、ペトラは腕利きの護衛。さっきだって一人で脇をすり抜けていた。よく見えなかったけど今だって無傷の筈。隙をついてもう一度すり抜けることだってペトラならできる。だってペトラは自分なんかと違いきちんと訓練を受けた護衛なのだから。

――そんな、都合の良過ぎる妄想がイズミの頭の中にあふれかえる。心の奥底ではそんなわけはない、現実を見ろと叫んでいるのに、そう思うことしかできなかったのだ。

ぐちゃぐちゃになった心とは裏腹に、危機的状況を本能で理解している体のほうはしっかりと動き続けている。奥様の腕を意識しているわけでもないのにがっしりと握り、塔の外へと自然と足が進んで、いきなり明るくなった環境で目を傷めぬよう、イズミの瞳孔は少しずつ閉じていく。

そして、見てしまった。

「――え」

実に数十分ぶりの外。まだまだ明るい日差しのせいで、最初はほとんど何も見えなかったが……

やがてそれに慣れるにしたがって、イズミの目ははっきりと鮮明に、その様子を捉えていく。

「どういうことだよ……!?」

異常がある。いや、異常がないのだ。

「どうして……動く死体がいないんだ……!?」

ガブラの古塔、その入り口。先ほどまで何十体もの動く死体が彷徨っていたその広場。

——動く死体が、一匹残らず消え去っていた。

◇

——時は少し、さかのぼる。

「……無事に辿り着けたでしょうか」

イズミがガブラの古塔に入っていくのを見届けたミルカは、森の樹々に潜みながら、そんなことを考えていた。

相も変わらず塔の周りには動く死体が徘徊しているため、残念ながらこれ以上近づくことは難しい。幸いなのは、動く死体たちはあくまで塔の周りから離れようとしないことと、この周囲に魔獣がいないことだろう。もしかしたらたまたま運が良いだけなのかもしれないが、少なくともここに来るまでの道中ほど周りを警戒する必要はなく、辺りは不自然なほどに静かである。

「さすがに、あんな死体にちょっかいをかけるほど魔獣も暇じゃないんでしょうね……」

「うー?」

「ええ、もうちょっとですよ。もうちょっと頑張《がんば》れば……今度こそ、奥様に会えますからね、テオ」

「うー！」

腕の中でにこにこ笑っているテオを見て、ミルカの気持ちが少しだけ軽くなる。この四日ほど、テオはほとんどぐずることなくおとなしくしてくれていたのだ。あの暖かくて安心できる家と比べたら、ミルカに抱かれてずっと森を進むことなんて赤ん坊に耐えられる筈がないのに、である。

今も、こうしてきゃっきゃと笑いかけてくるだけで、大きな声で泣いたりぐずったりはしていない。息を潜めて塔を見守っている現状において、それは何よりもありがたい話であった。

「……あ」

そうして、どれだけの時間が経ったことだろうか。ミルカの手の中にある探知の魔道具の明るさが、確かに変わったのだ。

「これは……！」

す、とミルカはその向きを変えてみる。さっきまでは塔の最上階を示したところで最も輝いていたというのに、今は……その、ちょっと下を向けた時のほうが明るくなる。

「動いている……！　イズミさん、合流できたんですね……！」

わずかだが、しかし確かに存在する違い。それはすなわち、イズミが無事に奥様と合流できたことにほかならない。その反応はゆっくりと下の方へと向かっている……つまり、奥様が塔を下っていることを示しているのだから。

「結局、鍵ってなんだったんでしょうね……？」

「う！　う！」

「……まぁ、合流できたってことはなんとかなったってことか。後は、ここからどうやって家に戻れるか、ですけれども」

「うー？」

「ああ、テオ。あなたは何も心配しなくていいの。今までに一度たりとも、奥様の言うことに間違いは……なくはなかったですけど、きっと大丈夫。あなたのお母さんとイズミさんを信じましょう」

「……う？」

「ええ、そうね、ペトラも……いや、そうじゃな……ッ⁉」

ここに来て、ミルカは気付いてしまった。

さっきから、なんだかんだで塔の上の方しか見ていなかった。光の反応がだんだんと下に向かっていくのが嬉しくて、それしか目に入っていなかった。否、ほかのことはできるだけ考えないようにしていた……と言ったほうがいいかもしれない。

でも、さすがにこれは無視できなかった。

「動く死体が……集まってきている……⁉」

さっきまでは塔の周囲を割と満遍なくうろついていたそいつらが、どんどん塔の方へと――塔の入り口へと集まりつつある。もう、三十以上は……下手したら、五十以上は集まっている。

「そんな……なんで……あ！」

動く死体は、魔法の匂いに反応する。イズミはその魔法の匂いがないので、やつらに気付かれずに塔に入ることができた。

しかし、行きにはいなかった人物……帰りには、奥様と護衛であるペトラがいる。ペトラは魔法の素養がほとんどないとはいえ、それでも動く死体に感づかれないわけがない。奥様に至っては、この世界でもトップクラスの魔法の素養を持つ人間だ。当然、そんじょそこらの人間よりもはるかに強い魔法の匂いを放っている。

「そうか……奥様が下に降りてきたから、それに釣られて……！」

さすがにこれは拙い事態だ。奥様やペトラといった気付かれてしまう人間が一緒にいても、五匹や六匹くらいならなんとか対処できるだろうが、五十もの動く死体はどうしようもない。いくらイズミが狙われなくとも、対処できる数には限りがある。

そのうえ、厄介ごとというものはまだあるらしい。

――ォォ、ン……！

「え……何、今の……!?」

「だーう……」

塔の下の方から聞こえてきた、重く低いおなかに響くような音。何かが崩落したか、あるいはひどく大きな魔物が石壁に体当たりしたかのような。いずれにせよ普通にしていて起こり得る音ではないし、しかもそれが二回、三回と立て続けに聞こえてきている。

ちら、とミルカは手元の探知器を見た。反応は、塔の真下で完全に止まっている。

「……不測の事態が起きている。それも、何かに襲われているような、ですよね」

三人全員が無事だと仮定。なのに塔から出てくる気配はまるでなく、そしてあの大きな音はまだ断続的に続いている。となると、なんらかの……おそらく、塔の番人のようなものと戦っていて、それに阻まれて出てこられないと考えるべき。

――仮にそいつに対処できたとして、入り口には無数の動く死体がいる。

「テオ」

「うー？」

「あなたの大好きなお母さんと、ペトラと……そして、イズミさん」

「だう」

「これが最後です――怖いかもしれませんが、少しだけ我慢してくださいね。……ふふ、そうしたらきっと、奥様もイズミさんも、またいっぱい抱っこしてくれますよ」

「……う！」

そしてミルカは、塔の敷地内へと足を踏み入れた。

「こっちを見なさい、この化け物どもッ！　それ以上向こうへ進むことは、絶対に許しませんッ！」

ここまでのすべてをぶちまけるかのような大きな声。太陽の光の下にその身を堂々とさらし、全力で魔法をぶっぱなそ……うとして。

「え……魔法が……ていうか、重……ッ!?」

やつらを引き付けるために発動しようとした魔法が、発動しない。それどころか、妙に胸が息苦しく、空気がねっとりと体に絡まっているような感覚さえある。

「なんなのこれ……!?」

「うー……」

明らかな異常事態。テオまで顔をしかめているところを見ると、おそらくこの塔の周辺になんらかの魔法的な罠が施されているのであろうと、ミルカは当たりをつけた。

――オ、ォオ……！

三つ、四つ、五つ……いっぱい。濁り切って何も映していない瞳が、ミルカの方へと向けられる。

どうやら魔法自体は発動しなくとも、魔法の匂いはしっかり強まったらしい。ミルカ自身の魔法の匂いもそうだし、ここにはミルカよりも強い匂いを放つテオもいる。

「思惑通り……では、ありますけどね！」

塔の入り口に群がっていた動く死体が、ぴたりと足を止めて。光を求めてやってくる蛾のように、ミルカの元へと群がり出した。

「ホント、ろくなのに好かれませんね……！」

赤ん坊を抱えていて、魔法も使えない。当然武器もろくなものがなく、そしてクマよけスプレーも効かない相手。そんなやつらが五十匹ばかり、虜《とりこ》になってこちらを求めてくる。熱烈なアプローチと言うにはあまりに血なまぐさく、何より連中は全然ミルカのタイプではなかった。

「信じてますよ、イズミさん……！」

——アプローチされるなら、あなたからがいいんですから。

ミルカは、全力で走り出した。

▲▽▲▽▲▽▲▽

「どうして……動く死体がいないんだ……!?」

本来ありえない筈の光景に、イズミの頭は一瞬フリーズする。それを解いたのは、逆に本来の状況を知らなかったがゆえに、驚くことのなかった奥様のほうであった。

「イズミ様！　あれ！」

「マジか……っ⁉」

動く死体が、そう簡単に朽ち果てる筈がない。そんな都合のいいこと、ある筈がない。

「ミルカさん……⁉　なんで、出てきたんだよ……⁉」

塔の入り口……より、塔を背にして左後方。塔から出たばかりでは気付きようがなかったが、くるりと振り返ったその向こうで、ミルカが大量の動く死体を引き付けて走っている。当然一緒にテオがいるし、そしてミルカは動く死体に対する対抗手段を持っていない。

「くそ……どうすれば……！」

塔の中には、石の騎士を引き付けているペトラがいる。塔の外では、大量の動く死体に追われているミルカとテオがいる。そしてすぐ隣には、今回の旅の目的である奥様がいる。

ペトラを助ける？

無理だ。そもそもそれができたらイズミはここにいない。あの石の騎士を倒せないからこそ、イズミは泣く泣く奥様だけを連れてここにいるのだ。もしかしたら今度はイズミが囮になることでペトラを助けることができるかもしれないが、それが選択肢として正しいとは断言できない。

ミルカとテオを助ける？

助けたい。だが、かなり難しい。できるできないで言えば、間違いなくできる。だが、イズミがそうしている間は奥様が無防備となる。それに数匹ならともかく、あれだけの数に襲われたら、いくらやつらに対し完全ステルス状態なイズミであっても、奥様を守り切ることはできない。

奥様を連れて森に逃げ込む？

おそらくそれが、最善だ。理由はわからないが、魔封じの外に出ることさえできれば、奥様は鍵の力でなんとかなると断言している。その言葉を信じるなら、それが全ての解決に繋がるのだろう。

だが、ダメだ。どうして解決に至るのか、その方法がまるでわからない以上、ただのギャンブルでしかない。

刹那《せつな》の瞬間、イズミの頭に色んな考えが浮かんでは消え、そして次の考えを出せと心が叫ぶ。結局のところイズミは一般人で、荒事に対する経験値はほとんどない。最適解を出せなくとも……少なくとも、折れずに出そうとする努力を続けているだけで、称賛されるべきことだろう。

だが、現実においては結果が伴わなければなんの意味もない。

そして、そんなイズミを助けたのは――固まるイズミに先んじて行動したのは、奥様であった。

「やい！　この化け物！　ぐず！　のろま！　とんま！」

塔の中へと踵《きびす》を返して戻った奥様は、土煙の向こう、石の剣を振り上げるそいつに向かってそんな罵詈雑言《ばりぞうごん》を吐き出した。

「あなたが追うべき罪人はこっちでしょう!?　……ほら！　あなたの役割はなんですか!?　全然塔を守れてませんね！」

出たり入ったり、入ったり出たり。奥様はわざとらしく、何度もその境界を踏み越える。子供の悪戯《いたずら》のようにしか見えないが、それは【塔への侵入】【塔からの脱出】を高速で繰り返していることにほかならない。しかも、それをしている奥様は塔に閉じ込められていた罪人である。

――ガ、ゴ、ゴ。

だからだろうか。石の騎士は動きをぴたりと止め、完全に奥様のほうへ――すなわち、未だ入り口をすぐ出たところにいるイズミたちの方へと向き直り、そしてゆっくりと向かってきた。

「おい……！　あんた、いったいどうした……⁉」

「お願いです！　あの石の騎士を、外まで引き付けてください！　私に考えがあります！」

「──わかった！」

鉈を構え、イズミはわざとらしくそれを壁に叩きつける。耳障りな音がして、そして心なし、石の騎士の歩調が速くなった気がした。

「来いよデカブツゥッ！　てめえ、バラしてスクラップにしてやらぁッ！」

動く死体のことも、奥様のことも。何もかもを忘れて……考えないようにして、イズミは石の騎士を挑発する。別段、奥様のことを信じるとかそういうつもりはなくて、その実は「もう難しいことは考えたくない」という半ばやけくそのような気持ちがほとんどであった。

が、それが功を奏したらしい。石の騎士は、もうイズミしか見えていない。動き出しは鈍重な彼も、一度勢いづいてしまえばそれなりの速さで動けるらしく、一直線の距離であったこともあって……イズミが思っていたよりかは速いスピードで、突っ込んできた。

「やあッ！」

「なん……ッ⁉」

石の騎士が、外にいるイズミに向かって塔の入り口を……その境を一歩越えた瞬間。

出入り口の脇に身を潜めた奥様が、石の騎士の背中に張り付いた。

「イズミ様！　そのまま……ミルカの方まで、走って！」

「──そういうことか！」

逃げるイズミ。追う石の騎士。その騎士の首っ玉にしがみつくように、奥様が必死に背中に張り付いている。石の騎士がどんなに剣を振り回しても、屋外で逃げに徹したイズミには当たらないし、同じく本来なら罪人である奥様にも、物理的にそれは届かない。

騎士の背中。それは、近づくことこそ難しいが、一度張り付いてしまえば……かなり、安全な場所であった。

そして、そんな場所にいる奥様は強い魔法の匂いを放っている。

――オォ、オ、オオォォ……！

当然の如く、それに惹かれた動く死体どもは奥様のほうへと標的を変えた。

「魔法が使えなくて、本当に良かったぜ……！」

前方の動く死体。後方の石の騎士。いわば挟み撃ちされたような状態になっているが、しかしイズミは笑みを崩さない。なんのためらいもなく動く死体の群れの中に突っ込み、そして当然のように、その群れの中に身を潜めた。

動く死体が向かう先には、奥様がいる。

そして、奥様の前に……石の騎士がいる。

「そうだよ……！　どうせお前ら、ろくに敵味方の区別なんてついていないんだよな……！　目の前にいる襲えそうなやつを、邪魔なやつを攻撃しているだけに過ぎないんだよな……！」

――ゴ、ゴ、ギ。

石の騎士にとって、動く死体はイズミを始末するのに物理的に邪魔な存在であって。

――オオオオオ！

動く死体にとって、石の騎士は奥様を食らうのに物理的に邪魔な存在であった。

「化け物同士、潰し合いやがれッ！」

◇

化け物同士の潰し合い。それはまさに、凄惨《せいさん》と言うほかなかった。

石の騎士は、ただひたすらに目の前にいる邪魔な存在を叩きつぶしていた。イズミという明確なターゲットの前に塞がるそいつらを、敵の協力者だと認識して攻撃していた。

動く死体は、ただひたすらに獲物の匂いを追っていた。その獲物はどうやら強力な壁の後ろにいるようで、さっきから近づこうとしても近づけない。だから、その邪魔な壁を壊そうとそれをひっかいたり噛みついたりしていた。

石の騎士も、動く死体も。互いに互いが邪魔だから……獲物の前に立ち塞がっているから襲っている。もしどちらかに少しでも知恵があり、ちょっと道を避ければ、その瞬間にすべては瓦解《がかい》し、イズミも奥様もあの世行きになってしまったことだろう。

しかし、そうはならない。ここに来て、真っ当な生物でないことがイズミたちの助けになっている。

「い……イズミさんっ！」

「ミルカさんっ！」

石の騎士と動く死体を大きく迂回《うかい》し、ミルカがイズミの元へとやってきた。もちろん、ミルカに抱かれているテオも一緒である。

「い……いったい何がどうなって……!?　あの、大きな石の騎士は……!?」

「ええと……石の騎士は塔の番人みたいなやつで、普通に俺にも攻撃してくるやつだ。だから、動く死体に襲われる奥様がそれを逆手にとって……俺たちじゃ、あいつは倒せなくて……!」

「……そうだ、ペトラは!?　ペトラはいったい……!?」

「ペトラさんはまだ塔の中だ！　たぶん、怪我をして動けない状態だと思う！　俺はここを動けないから、だから……!」

「お任せください！」

以心伝心。イズミがはっきり言う前に、ミルカは塔の中へと入っていった。あくまで石の騎士の狙いはイズミである以上、イズミがここを動くわけにはいかない。それにどうせ、もう塔の一階に脅威はないのだ。ミルカが塔の中に入ることに、なんの問題もない。

問題があるとしたら。

「くっ……!」

「ちくしょう……いつまで持つんだこれ……!?」

必死になって石の騎士にしがみつく、奥様のほうだろう。単純に、若い女——それも、水の巫女などという明らかに温室育ちであろう彼女が、そういつまでも激しく動くその背中に引っ付いていられるわけがない。

そのうえ、奥様は石の騎士にも動く死体にも狙われる存在である。腕の力が尽きたが最後、あっという間に殺されてしまうだろう。

イズミの見立てでは、持って五分。イズミはこの間に、なんとかしてこの場をどうにかする方法を考えなくっちゃいけない。

「……チッ」

石の騎士と動く死体。倒せる可能性が高いのは、間違いなく動く死体のほうだ。既に十何匹かが石の騎士によって叩きつぶされており、数が減った今ならば殲滅《せんめつ》することは難しくとも、奥様たちを逃がすことくらいならできるだろう。

だが、それこそが問題だ。今でこそ石の騎士と動く死体の戦いは拮抗《きっこう》しているが、少しずつ、少しずつ石の騎士のほうが押してきている。

それは単純に、動く死体の数というアドバンテージが少しずつ薄れてきたことと、そもそもとして……動く死体の攻撃が、石の騎士に大して効いていないことが理由であった。

「見誤ったか……!?」

数に任せて、動く死体どもは石の騎士に攻撃してはいる。噛みついたりひっかいたり、あるいはそのまま押し倒そうとしたり。たが、石の騎士のその鎧は頑丈で、少しも堪《こら》えた様子はない。重く大きく頑強なその体は、動く死体どもの物理的な圧力を受けても、押しつぶされる筈がなかった。

「状況は、良くないようだな……！」

後ろから聞こえてきた、そんな声。

「……ペトラさん！　無事だったか！」

「ああ、おかげさまで……すまん、借りた鎌、折ってしまった……」

「いいんだよそんなもん！」

「そうですよ！　それよりあなた、もっと自分のことを……！」

「はは、それはお互い様だろうに……」

ミルカに肩を支えられたペトラは、明らかに負傷していた。命に別条のあるようなそれではないが、どうやら足を痛めているらしい。一歩進むたびに、苦痛に顔をゆがめている。

「……どうする？　どうしてこうなったのかはわからないが……たぶん、この様子だと動く死体は倒せるだろう。だが、石の騎士は……」

「待ってくれ……！　それを今、考えている……！」

逃げる。たぶんできる。だがそれでは意味がない。ペトラとミルカとテオだけ逃がす。それもできる。でもやっぱりそれも意味がない。可能であるなら、ペトラとミルカの力は借りたい。と言うか一人でなんとかできる気なんてまるでない。

そうなるともう、石の騎士の打倒は絶対条件。どうにかして倒さなければ、みんなでここから逃げ切るという未来はありえない。

「動く死体どもも……くそ、さすがに爪だの噛みつきだのではあの石の騎士は倒せないのか……。数が多くても、それが届かない……！」

「……いっそのこと、私が奥様の代わりになるというのはどうでしょう？　そもそもとして、奥様とイズミさんが合流できたら解決できるって話ではありませんでしたか……!?」

「魔封じの外まで出ないとダメだってよ……！　あとミルカさん、そういう自己犠牲的なやつは……」

「ならばなおさら！　イズミさんと奥様が魔封じの外に出ればいいってだけじゃないですか！　それに、奥様が魔法を使えたら、あんな石の騎士なんて……！」

「冷静になれ、ミルカ。……そもそもどうやって、石の騎士の背中に張り付くつもりだ？　動く死体の中を突っ切るのか？　突っ切れたとして、あの騎士の隙をついて背中に回れるのか？」

「……うっ」

話している間にも、動く死体は次々に「動かない」死体になっていく。このままでは全滅するのは時間の問題だった。

「ちくしょう……！　なんか、なんかないのか……!?　石の騎士の弱点は……！」

「剣や弓が効かないなら、魔法で倒すのがセオリーだが……」

「でも！　その魔法がここでは使えないんですよ！　それに、仮に使えたとしても私の風魔法じゃ……！　やるなら、火の魔法で思いっきり爆発させるとか……！」

「――それだ！」

火の魔法。爆発。そんな言葉が、イズミの頭の中で一つの線を結んだ。

「あるじゃねえかよ……！　使えそうなやつが……！」

「い……イズミさん？　それは、いったい……？」

イズミは黙って、ミルカの腰元のホルスターを指さした。

「それ――クマよけスプレーだ。そいつをぶち込もう」

「え……でも、これ、生き物にしか効かないって……」

「――そいつな、火気厳禁なんだよ。うっかり火が燃え移ると、爆発する」

多くの例に漏れず、クマよけスプレーも火気厳禁の一品だ。そのパッケージには裏の方に大きく【火気厳禁】のそれが示されていて、イズミのその考えに相違ないことが見て取れた。

「虫よけスプレーもあったよな？　あれも火気厳禁で、火がついたら吹っ飛ぶぞ。俺のクマよけスプレーも併せたら、都合スプレー三本分……！　これなら、きっと！」

「い、いやしかし……！　どうやって火をつけるんだ⁉　ここでつけて投げ入れても、やつには届かないかもしれないし、威力の減衰も……玉砕覚悟で火をつけたまま突っ込むか……⁉」

「――ありますよ、導火線！」

「何ィ⁉」

ミルカが取り出したのは、道中では終《つい》ぞ使うことのなかった爆竹だ。爆発としての威力はあまり期待できないが、爆発物であるため導火線はついている。

「いいぞ……！　そうだ、こいつをあの鎧の中にぶち込んで、中から爆発させてやろう……！　スプレーも一緒に入れておけば、絶対に引火して爆発してくれる……！」

「威力の減衰どころか、これ以上ないくらいに効果的ですわ……！　離れる時間も、稼げます！」

そうと決まれば、話は早い。

「奥様ーっ！　聞こえるかーっ！」

大きく大きくイズミは叫ぶ。イズミの気持ちが届いたのか、単純に動く死体が少なくなってきたからか。ともかく奥様はイズミのことをはっきりと見て、大きく頷いた。

「なんとかして、その騎士の兜を取ってくれーっ！」

「首の後ろに、留め具がある筈ですーっ！　そこを外せば、後は少し押すだけで取れますーっ！」

ペトラのその言葉を聞いて、奥様は必死になりながら騎士の首元を弄《いじ》りだした。

「いける……いけるぞ……！　動く死体もかなり減っている……！　これなら、なんとか隙をついて鎧の中にスプレーを突っ込めれば……！」

見えてきた勝ち筋。照らされた一条の希望の光。順調で、しかし波乱万丈な旅の終わり。予想外の困難を乗り越え、最後の最後の試練にも打ち勝てそうな兆しが見えてきた。

「――あっ」

「……え」

落ちた。

奥様が、騎士の背中から落ちた。

力尽きたのか、それとも留め具を外す際に油断したのか。細かい作業に集中し過ぎて、うっかりしていた可能性もあるが……いずれにせよ、その事実は変わらない。

――ガ、ゴ、ギ、ゴ。

――オォ、オ、オオオォォ！

「……あ」

さっきまで背中に引っ付いていたそいつ。粛清《しゅくせい》対象だったそいつが、ようやく剣の届くところに出てきてくれた。

さっきまで壁の向こうにいたそいつ。美味しそうな匂いのするそいつが、ようやく手の届くところに出てきてくれた。

石の騎士と動く死体の気持ちを言葉にしたなら、きっとそういった感じになるのだろう。重要なのは、奥様が石の騎士の背中から落ちた段階で、両者共に目の前の存在と戦う必要がなくなったということだけだ。

「お、奥様ぁぁぁ！」

「逃げて、逃げてぇぇぇぇぇ！」

ペトラとミルカが叫ぶ——が、なんの意味もない。

——ゴ、ゴ、ゴ。

石の騎士が大剣を振り上げる。動きそのものは鈍重だが、それはどこまでも、果てしなく大きい。斜めから振り下ろせば、すぐ下で横たわっている奥様なんて、あっという間にぺしゃんこにすることができるだろう。

「やめて、やめてぇぇぇぇ！」

奥様は、ちらりとこちらの方を向いて——にこりと笑って、静かに目を閉じた。

「うあああああんっ!!」

血なまぐさいこの場に似つかわしくない、赤ん坊の泣き声。

それと同時に、一条の水がなぎ払われた。

何が起こったのか——イズミには、まるでわからなかった。ただ、絶体絶命だと思われたその瞬間、傍らから閃光《せんこう》のように水が迸《ほとばし》ったのだ。ウォーターカッターのように鋭いそれは、イズミたちの目の前にいた動く死体の胴を両断し……そして、石の騎士の膝の関節を撃ち抜いている。

当然、膝の関節を撃ち抜かれたならバランスは崩れる。ましてやあの巨体で、あの重量だ。そんな状態で狙った場所に剣を振り下ろせる筈はなく——剣が叩きつけられたのは、奥様のすぐ隣、何もない場所であった。

「あ……あなた、まさか……!?」

イズミには気付かなくとも、ミルカとペトラにはわかった。

「テオ……!?　あなた、魔法を……!?」

「嘘だろ……!?　この魔封じを打ち破るほどのものを……!?」

「うあああんっ！」

もしイズミが魔法の匂いを感じることができたのなら、振り返るまでもなく「それ」をしたのがテオだということに気付けただろう。魔封じが効いているだとか、赤ん坊はまだ魔法を使える筈がないだとか、そんな常識をあっさり否定できるほどに、今そこにはテオ自身の魔法の匂いが強く残っている。

——ガ、ギ、ギ、ギ。

撃ち抜かれた膝。巨体を支えていたそれ。大事なものがいきなり使えなくなれば、まともにバランスを取れる筈もない。剣を杖代わりになんとか倒れずに踏ん張っているが、つまり。

「よくやったテオぉッ!!」

後ろを振り返ることもなく、イズミは全力で走った。

その意図が読めたのだろう。ほんの一拍遅れて、同じように誰かが地面を蹴る音が聞こえた。

全力で走る。

「あああああッ！」

近づくほどに大きくなる、その巨大な石の鎧。ほんの少し前は、コイツから逃げるために——頼むから気付かないでくれと心の底から祈りながら走ったが、しかし今は違う。

今はむしろ、逆。イズミは、こいつを打ち倒すために走っている。

「往生せいやぁッ！」

石の騎士の膝裏への、全力のタックル。撃ち抜かれて脆くなっているとはいえ、元が石とも鉄ともつかないそれだ。イズミの肩からはぐしゃりと何かが砕ける音がして、そして今までに感じたことのないほどの激痛が頭のてっぺんから足の先までビリビリと走っていく。

が……確かに。間違いなく、そのタックルにより石の騎士の体勢がぐらりと揺れた。

「お背中、失礼しますッ！」

背中に感じる、衝撃。

気付いた時には、同じように走り出していたミルカがイズミの背中を踏み台にして、石の騎士の背中に張り付いていた。

――ゴ、ゴ、ゴ、ゴ
「ええい、おとなしくしてなさいッ！」

片足が砕けてなお――体勢を戻そうと、石の騎士は無理やりに動いている。目の前にいる敵を抹殺せんと、己が役目を果たそうと必死になっている。しかしそれを実行するには大剣を振るう必要があり、それをしようとすれば――間違いなく、倒れる。

――ガチッ。

ひどく重い、金属質な音。

「留め具、取れました！」

「よっしゃ！　――せーのでいくぞ！」

「ええ！」

痛む肩を考えないようにし、イズミは石の騎士から五歩ほど距離を取る。

「せぇぇのッ！」

そして、再び全力でその膝裏にタックルをかました。

それと同時に、ミルカは兜を押し、背中を蹴るようにして騎士の背中から飛び降りる。

脆く、体を支えられない脚。不自然に押し出された上半身。振り子のように大きく揺れた巨体は、やがて物理法則に則《のっと》り――ドスン、と大きく倒れた。

「よっしゃあああ！」

留め具を失った兜は、その勢いでゴトリと落ちる。首無しの鎧は起き上がろうともがくが、元々そういう風には作られていないのだろう。明らかに関節の可動域が足りず、まるで手足がもげた虫のようにぴくぴくと奇妙に蠢くことしかできていない。

何より重要なのは――イズミの目の前に、虚《うつ》ろでがらんどうな鎧の首元の穴があるということだ。

「覚悟しろよオラァ！」

クマよけスプレー。虫よけスプレー。すぐ使えるように専用のホルスターに入れておいたそれらを、イズミはためらうことなくその鎧の中に突っ込んだ。

「よくも奥様とペトラを……！」

爆竹。家から持ち出してきたものを全部纏めて、ミルカも鎧の中にそれを突っ込んだ。自分の腰にあったクマよけスプレーも、当然のように投げ入れている。

「ミルカさん、火は!?」

「……ああっ⁉」

「受け取れぇッ！」

後方からぶん投げられた松明。ペトラが投げたそれは、くるくると回転しながらイズミたちの目の前に落ちた。イズミはそれをろくに見ずにひっつかみ、流れるように鎧の中に投げ入れる。

「奥様！　ミルカさん！　ずらかるぞ！」

返事を聞く前に、イズミの体は動いていた。近くに倒れていた奥様の腕を取り、無理やり立たせて肩を貸す。同じくミルカも反対側に回り、奥様の腕を自らの肩にかけた。

「走れぇッ！」

二人で奥様を抱えるようにして、走る。もう、後ろなんて見ていられない。やるべきことをやったのだから——と言うより、もはやそんなことを考える余裕すら今のイズミにはなかった。

一歩、二歩、三歩。

通常だったらあっという間のその距離を進むのに、とてもとても長い時間がかかり、そして。

——ヂヂ、ヂヂヂ！

「……ッ！」

後方から聞こえてきた炸裂音。思わず足がもつれ、倒れ込んだ。

——ォォンッ！

最初に聞こえたのは、爆竹の音だった。何十連あったかわからないが、そのすべてに一斉に火がついたのだろう。元よりそういう風に作られているだけあって、弾《はじ》けたそれが鎧の中で何重にも反射し、反響して、まるでお寺の鐘を滅多打ちにしているかのような音が聞こえていた。

その次の瞬間には、思わず耳を塞ぎたくなるような大きな音が、ほぼ同じタイミングで重なるように三つ聞こえた。けたたましい爆竹の音をかき消すほどにそれは大きく、離れていたイズミたちの体を震わすほどのものであった。

「……やったか⁉」

おそるおそる、イズミは振り返る。首元から白とオレンジの混じったような煙を絶え間なく漏らしている鎧は、ピクリとも動いていない。

「……なんとか、なりましたの？」

ミルカが不安そうに呟く。首無し鎧は、少なくとも遠目では大きな損壊は見受けられない。腹の中で爆発したことには間違いないが、さすがに鎧を吹き飛ばすほどには至っていない。

沈黙。

火薬の匂いと、クマよけスプレー特有の刺激臭が風に乗ってわずかにイズミたちのところへと届く。動く死体の腐臭は、鼻が慣れて感じとれなくなっていた。

「……あ！」

イズミとミルカに支えられた奥様が、声を上げた。

「魔封じが……どんどん弱まってる……！　もう、今にも完全に……解けた！」

「え……それって……」

「――あの騎士を、倒したってことですよ！　きっとあいつが、魔封じそのものも司っていたんです！　もう、そうとしか考えられないです！」

「……マジか」

　本当かどうかはわからない。重要なのは、魔封じが解けたということと――あの石の騎士が、本当に石になってしまったかのようにピクリとも動かないということだけだ。

「奥様、ミルカ、イズミ殿……大丈夫か！」

「ペトラ！」

　ペトラが、痛む足を引きずるようにしてやってきた。

　――その腕には、ミルカから託されたテオが抱かれている。

「ああ、テオ、テオ……！」

「うあああん！」

　ペトラの腕の中で、テオは泣きじゃくっている。そんなテオを見て、奥様は目に涙をいっぱいに浮かべ、心の底から安心したように笑った。

「よかった……よかったぁ……！　また、会えた……！」

「ええ――あなたの、お坊ちゃんです。ミルカとイズミ殿がここまで守ってくれた……あなたのテオ坊ちゃんです」

「……抱いてやりなよ、奥様」

「ええ……！　今までできなかった分、強く、強く……！」

　イズミに支えられて立ち上がった奥様は、震える腕をそっと伸ばした。ミルカがその腕をそっと支えて、ペトラがそこにテオを手渡す。

「ああ……！　テオ……！」

「……う？」

泣きじゃくっていたテオが、ぱちくりと瞬きして。

「……んま！」

奥様の顔を見て、にこーっと蕩《とろ》けるような笑みを浮かべた。

「テオ……！」

奥様はテオを愛《いと》おしそうに抱きしめた。強く、優しく抱きしめた。

抱きしめられるのが心地良かったのだろうか、テオは今までに見たことないくらいににこにこと微笑んで、キャッキャと笑っている。

「……いいもんだな」

「ええ……！　なんだか私も、泣いてしまいそう……！」

「いいんじゃないか、泣いても。どうせここには俺たちしかいないんだから」

「あら……それではお言葉に甘えて、胸をお借りしてもよろしいですか？」

「……そういう時は、何も言わずにさっとそうするほうが可愛いと思うぜ」

「あら、言いますわね」

にこやかに笑いながら、ミルカは指でそっと目元をぬぐう。自分のほうから抱きしめに行くべきだったか――と踏んだイズミは、一周回って振り切れてしまったテンションのまま、ミルカの肩をそっと抱いた。ミルカもまた、遠慮がちに……されど、甘えるようにしてイズミの胸元に頭を預ける。

響く笑い声。殺伐とした空気はどこへやら、今そこには確かに、暖かな空気が流れている。

「……おい、後ろッ！」

だから、気付くのに遅れた。

「え──」

振り向く。

大きな──マムシとよく似た黒い蛇が、特徴的な威嚇音を発しながら飛び掛かってきていた。

どこから来たのか、なんてことを考えている余裕はない。スローになった、まさしく人生の走馬灯を見ているような時間のさなか、はっきりわかっているのはそれがテオに食らいつこうと飛び掛かっているということだけ。今まさにそいつの体は空中にあって、あと瞬きを二回するうちにはその毒牙をぶっすりとテオの柔肌に突き立てることだろう。

もし、イズミに余裕があったのなら。

そいつが──誰にも注目されていなかった、転がり落ちた兜の中から出てきていたことに気付けたかもしれない。

「……っ！」

奥様が、テオを抱きしめるようにしてかばう。

「……！」

ミルカがさらに、その背中を守るように壁となった。

「させるかァ！」

反射。

自分でも驚くほど自然な動きで、イズミはテオに飛び掛かっていた蛇の鎌首をひっつかんだ。

飛び込んだ勢いが一気にゼロになり、その蛇はぶらりと大きく振り子のように振れる。当然、途中で掴《つか》まれてしまっては、テオの元までその毒牙は届かない。

「へ、へへ……！　てめェ、せっかくの親子の再会に水を差すんじゃゃねぇぞ……！」

がっちり、がっちり掴んだ。イズミの手のひらからは、蛇が必死に逃げようと動くあの独特の感覚がしっかり伝わってくる。

所詮、蛇は蛇だ。最大の武器である頭を押さえ込んでしまえば、後はもう煮るのも焼くのもこちらの自由である。つまり、後はそのままぐるぐると振り回してぶん投げれば、万事解決だ。

――普通だったら、それで終わりだった。

「覚悟はいい……あ」

するり、とイズミの手から蛇が滑り落ちた。

なんのことはない。汗や血など――単純に、イズミの手がひどく滑りやすくなっていただけだ。

――シャウウ！

「あ」

気付けば、首に違和感。確認するまでもなく、その蛇がイズミの首元に噛みついていた。

あれ、おかしいな――とイズミは思う。

「イズミ殿ぉ！」

どうして、ペトラの声がこんなにも上の方向から聞こえてくるのだろうか。どうして、体全体がこうも気怠《けだる》く、指の一つも動かせないのだろうか。どうして、背中から土の感触がするのだろうか。

どうして、こんなにも体が寒くて……そして、目がかすむのだろうか。

「やられた――こいつ、毒蛇だ！」

ああ、自分は噛まれたのだと薄い意識の中でぼんやりとイズミは考えた。たった一噛みでここまでの威力と即効性を持つ蛇だ、きっと異世界特産のヤバいやつなんだろう――と、イズミはすっぱりと切り落とされて転がっていく蛇の頭を見て、そんなことを思った。

「くそっ……！　ここまで来て――ミルカ!?」

あれ、おかしいな――とイズミは思う。

蛇はもう死んでいる筈なのに、さっき噛まれたところが妙にムズ痒《がゆ》い。おまけに何か温かで柔らかいものが自分の上半身に乗っていて、なんだかとても良い匂いがする。どこか懐かしいような、愛おしいような。さっきまでは血と泥の匂いしかしなかったというのに。

そして、首元がとてもくすぐったい。

「こんな……認めませんよ！　一緒に帰るって、三人で並んで寝るって約束したでしょ……!?　あなた、私に恩の一つも返させずに死ぬなんて、絶対嫌ですから……！」

首元がくすぐったいのは、ミルカがイズミの噛まれたところに吸い付いて――毒を吸い出そうとしているからだと、イズミは合点がいった。

「や、め……ろ」

「イズミさん!?　……いいえ、やめません！　もう話さないでくださいまし！」

「みる、か、さんも……あぶな、い。ど、く、うつ、る……」

「こんな時くらい自分のことを心配してください！　ちょっとでも良くなるなら、あなたに助けていただいたこの命……惜しくはありません！」

「ばか、やろ、う……こ、れ、ほん、とに、やばい……」

漫画や小説の中でよくある、【毒を直接吸い出して応急処置する】……というのは、仕組みだけ見れば強ち間違ってもいない。あくまで応急処置レベルという前提の下、ポイズンリムーバーなどはまさに物理的に毒を吸い出す機構にほかならないのだから。

問題なのは、それを人の口でやるというその点に尽きる。ちょっと噛まれただけですぐ人一人を倒すような強力な毒が、吸い出されて人の口の中に入ったら……どうなるかだなんて、子供にだってわかることだろう。

「……ぐっ!?」

「ほ、ら……おれの、こ、とは、いいから……やめ、ろ」

「やめる、ものですか……!」

——ちゃんと元気な時に体験したいシチュエーションだったなァ。

薄れゆく意識の中、イズミは場違いにもそんなことを思った。

——まぁでも、目的は果たせたかな。

奥様も護衛も助けた。母と息子は無事に再会できて、追われていた四人はこうして、無傷と言えないまでも無事に自由の身となっている。どうせ死んだと思われているだろうから、後は目立たずつつましくしていれば——普通の、それなりの人生を歩めるだろう。

「——させませんよ、そんなこと」

何かが、イズミの胸に触れている。

そこから——自分でも恐ろしくなってくるほど深い【どこか】から、例えようのない流れが注ぎ込まれ……否、湧き出づるのを、イズミは確かに感じとった。

「な、ん、これ……ッ!?」

「──言ったでしょう？　私とイズミ様が、魔封じの外に出ることができれば万事解決だって」

大いなる予兆。何か偉大なるものが、確かにイズミの体から滾々とあふれてくる。それは留《とど》まることを知らず、今にもイズミの体を突き破って噴き出しそうなほどであった。

「ミルカ……鍵を。鍵を、イズミさんに」

「え……ええ！」

胸元を弄られるのを、イズミは感じた。

金属質のそれが、自分の手のひらに押し付けられて……ぎゅっと、握りしめられた。ちょうど、二人で一緒に握るように。指と指を絡めて、絶対に落とさないように。

「さぁ……怖がらないで。これは元々、あなたの力。あなたの奥底に眠っていた、あなた自身の本質。私はただのきっかけ──あなたの流れを然《しか》るべき方向に導いているだけに過ぎません」

もう、イズミの体は弾け飛びそうだった。体が熱くて熱くて、どうにかなってしまいそうだった。

でも、不思議と恐怖はない。これは自然なことなのだと、本能で理解できている。

「さぁ……願って！　あなたの望みはなんですか？　あなたはこの力を、どう使いたい？　あなたはなんのために、この力を振るいますか？」

「お、れは……」

頭の中に浮かぶのは──テオの笑顔と、ミルカの笑顔。

「かえり、たい……！　いえに、かえりたい……！　あったかい、ふとんでねて、あったかい、ふろにはいって……！　みんなで、あったかい、めしをくって……！」

家。暖かな場所。団欒《だんらん》。幸せなひと時。

富も名誉も権力も、イズミには必要ない。イズミが心の底から望むのは――そんな、ありふれた安らぎと温かさに満ちた、幸せな時間だ。

「ならば願って！　強く望んで！　あなたが望めば――それは現実になる！　あなたの力は、その、ため、に、あ、る、！」

もう、言われなくてもわかった。

わかったと言うよりかは、感じとったと言うほうが近いかもしれない。

それは、自転車の乗り方を覚えるように自然なことで。そして、人に瞬きの仕方や手足の動かし方を教えられないのと同じように、できて当然の……当たり前過ぎる感覚であった。

「……」

鍵を握る右手が熱い。

当然だ。鍵というのは、そのために存在するのだから。

「……はう、す……り、っぷ」

――【House Slip】

薄れゆく意識の中。

イズミは、見慣れた門扉と玄関のドア――懐かしの我が家を見た。

4　イズミ【How Slip】

「……う、ん」

大事な何かを忘れているような気がして、イズミは目覚めた。

なんだか妙に体が張っている気がする。ずっと狭いところでじっとしていたかのようにギチギチで、凝り固まったかのように首が動かしづらい。

「あ、あー……」

おまけに体が渇き切っている。喉がカラカラであるのを通り越して、口の中がパサパサだ。ちょっと声を出そうにもかすれるばかりで、思ったように喋《しゃべ》ることができない。

「……」

まぁでも、いいか。

最近はなんだか、すごく忙しくてとても疲れていたような気がする。たまの休日くらい、こうして自分のベッドで惰眠を貪るのも悪くない。

「……っ⁉」

そうではない。自分はとっくの昔に休日とかの概念を捨て去った生活をしている。起きたい時に起きて、寝たい時に寝て。好きな時に好きなものを好きなように食べて。そして……たまに襲いくる魔物どもを鉈でブチ殺していた筈だ。

そして、ここ最近はさらにイレギュラーがあった。なんだかんだで森の中を行軍していて、まともなベッドで――こんなに暖かで、良い匂いのする寝床で寝ている余裕なんてこれっぽっちもなかった筈だ。

「……あ」

次第に覚醒していく頭。だんだんと、イズミは眠る直前……自分が何をしていたのかを、思い出してきていた。

「そう、だ……俺、蛇に噛まれて……」

あの時イズミは、最後の最後で予想外の襲撃を食らい、異世界原産であると思われるだいぶヤバそうな毒蛇に噛まれた。噛まれてすぐに意識が朦朧《もうろう》とするレベルの毒で、ああ、もうこれは助かりそうにないな――とひそかに覚悟を決めたところまでは覚えている。

「……なんで、俺」

いつものベッド。いつもの枕。いつもの――自分の部屋。今イズミが寝ているのは、紛れもなく自分の部屋のベッドの上である。決して毛布を適当に敷いただけの森の中でも、ましてやあの暗くて陰気臭い、血と腐臭と埃の匂いにまみれたガブラの古塔でもない。

そして、気付く。

「……ミルカ、さん」

すうすう、と小さな寝息。先ほどから妙に違和感があると思えば……ミルカが、イズミの片手を握り、ベッドに突っ伏すようにして静かに寝息を立てている。

「……」

どれだけ長い間、その寝顔を見ていたことだろう。やがて、ふるふるとその長いまつ毛が震えて。

「……あ」

そして――彼女のヘイゼルの瞳と目が合った。

「イズミ、さん……⁉」

「ぁ、あー……おは、よう」

「イズミさん……っ！」

ぎゅっと、イズミの体は柔らかくて温かく、懐かしい匂いのするものに抱きしめられた。

▲▽▲▽▲▽▲▽

「その、お恥ずかしいところをお見せしました……」

「いやァ、むしろ役得ってやつさ。ぜひとも次もお願いしたいところだね」

「……んもう！」

目を伏せ、頬を赤らめるミルカを見て、イズミはそんな軽口を叩く。少し前なら絶対にできなかった気の置けないやり取りに気分を良くし、そしてミルカが台所から持ってきた水をごくりと飲んで喉を潤した。

「……やっぱ、飲ませるの上手いな」

「ええ、それはもう」

もちろん、イズミは怪我人で臥《ふ》せっている状態である。腕をまともに動かせないから、いつぞやとは逆にミルカに飲ませてもらっているような状態だ。

「……む」

口元からそっと離されたコップ。つうっと口の端からしずくが伝わり、イズミの首元にくすぐったい感覚がやってきた。

「さて、お口を拭きましょうね？」

にこやかに――わざとらしすぎる笑みを浮かべて、ミルカがイズミの口元にタオルをあてがった。

「おう、よろしく頼む」

「……もっと恥ずかしがってくれてもいいじゃないですか」

口元をぬぐわれたところで、イズミが羞恥《しゅうち》を感じる筈がない。むしろラッキーとすら思えている。それで照れるような時代はとっくに過ぎ去っているし、ましてや相手はミルカだ。互いに気心が知れている仲で、この程度じゃもうなんとも思わない。

「……これで、ようやく落ち着きましたね」

「ああ……」

意識ははっきりしている。喉も潤った。体は相変わらずミシミシ言っているが、直ちに影響が出るレベルじゃない。

「俺が気絶した後……どうなった？　みんなは無事なんだよな？　なんで、俺は今ここに……俺の家にいる？」

聞きたいことが、山ほどある。いったい何がどうなって、どういう経緯で今に至るのか。わからないことだらけで、何から聞けばいいのか迷うくらいだ。

「そうですね……まず、全員無事です。奥様もペトラも衰弱《すいじゃく》が激しかったですが、命に別状はありません。もちろん、テオも。私たちの中では、イズミさんが一番重傷でした」

「そうか……そうか！」

これだけでもう、イズミの中に堪らない達成感と喜びが湧き上がってくる。自分はとうとうあの困難を乗り越え、目的を果たすことができたのだと——自分の行動や判断に間違いはなかったのだと、何か大いなるものに認められたような気がした。

「そして、ここはイズミさんのお家《うち》です。イズミさんが一番ご存じでしょうが、やはりあの結界に守られているため、安全です。……ゆっくり回復に専念することができますし、食料や水の心配もありません。今日からはもう、ずっとこの暖かいベッドで、好きなだけ寝ていてもいいんですよ」

「よかった……なんとか、帰ってくることができたんだな。……俺を担いでここまで戻ってくるの、大変だっただろう？」

「いえ……覚えていませんか？　ここに帰ってこれたのは紛れもなくイズミさんのお力ですよ。私たちがしたことなんて、イズミさんを家の中に運んだくらいですから」

「……じゃあ、最後の瞬間に見たアレは……夢や幻なんかじゃなかったのか」

「最後の瞬間、というのはよくわかりませんが……いえ、見ていただいたほうが早いかも」

すっと立ち上がり、ミルカは閉め切っていたカーテンを開いた。

「う、わー……」

高く高くそびえる、石造りの塔——それは紛れもなく、ガブラの古塔であった。

明らかに、窓から見える光景が異なっている。以前までなら、石塀の向こうにはどこまでも深い森が広がっていた筈だ。なのに今は樹なんて一本も見えず、ガブラの古塔だけが窓の四角いフレームの中に映っている。

「……てっきり、帰ってきたものだとばかり思っていたんだが。帰ってきたんじゃあなくて……いや、帰ってきたのは間違いないんだけど」

イズミが家のあった場所に帰ったんじゃなくて、家のほうがイズミのところへやってきている。窓の外の景色が突き付けてくるのは、純然たるその事実だ。

「は、は……いったい何がどうなってやがる……と言うか、こんなことができるなら、森の中を進むのももっと楽にできたじゃないか……」

「あー……それについては、色々もろもろ説明がありますと言うか……私より、奥様のほうが上手く説明できると言いますか……」

「あれか？　【奥様に会えれば万事解決】ってのと、【言いたくても言えない】とかそういう……」

「まさにその件ですね」

「……そういやァ、奥様とペトラさんはどうしたよ？」

「……それはおいおい説明するとして！」

ぱん、とミルカが手を叩く。あからさまに話題を逸《そ》らされたが、それを敢えて突っ込むほどイズミは野暮じゃなかった。

「シーツを換えましょう。どうせなら洗濯したての綺麗なもののほうがいいでしょう？　ずっと同じシーツだと、治るものも治りませんもの」

「それもそうだな……ん？　待て、俺ってどれくらい寝込んでいたんだ？」

「ええと……ちょうど今日で三日目ですわ」

もちろん、そんなに長い間寝込んだのはイズミの人生の中でも初めての経験である。普通の人間なら、真っ当に生きていて三日間も意識がないなんてことまずありえないだろう。

道理で、体はきしむし喉はカラカラだったし……と思ったところで。

「え……ちょっと待て……今更だけど、俺、何を着て……」

「……」

「それに、なんか妙にさっぱりしている……」

「……」

「あの……」

「……さすがに、汗まみれ血まみれ泥まみれの状態で、放置はできませんでしたわ」

感覚で理解できる。今はいているのは清潔な、きっちり洗濯してある……ともすれば下ろしたてと言っていいくらいに綺麗な衣類である。決して、汗と血と泥にまみれたそれらではない。

つまり、そういうことだった。

「……イズミさんも太もも……と言うかお尻の後ろの方に、大きなホクロがありました」

「お、おう……」

「あ、あと……！　殿方は気にされると聞きますが……て、テオのと比べたらずいぶんと！」

「赤ん坊と比べられても情けなくなるだけだよ！」

「じ、実家のお父さんのよりも！」

「それはそれで聞きたくなかった！」

顔を赤らめ、ミルカは必死に弁明する。いったい自分の意識がない間にどれだけのことをされてしまったのか、イズミは聞くのがちょっと怖くなってしまった。

「わ、私だって色々見られたんですからおあいこですっ！　それも、自分でも知らなかったあちこちのホクロまで知られて……！」

「……俺は紳士的に対処したのに、ミルカさんは興味津々《しんしん》でマジマジ見たんじゃないか」

「マジマジとなんて見てませんっ！」

「うう……もう、お婿に行けない……」

「へえ。その時は私がもらってあげますよ。そうすれば万事解決……むしろ未婚の婦女の、ら、裸体を舐め回すようにして見たイズミさんのほうがはるかにいい思いをしているんじゃないですか？」

「……それもそうだな！」

「納得しないでくださいッ！」

そんな茶番をして、シーツを換えて。いい加減おなかが空いてきたので、そろそろ飲み物以外でも何かおなかに入れておきたいな……と思ったところで、イズミの部屋のドアが開いた。

「イズミ様……！」

「よかった……目が覚めたのだな……！」

奥様――ルフィアと、ペトラが無事な様子でそこに立っている。ミルカが言った通り二人とも大きな怪我はなく、少し頬がこけている節は見受けられるものの、少なくともあの囚《とら》われの状態に比べたら十分に健康体と言えるくらいに肌色は良い。

「あ……すみません、着替えは適当に使わせていただきました……」

「ああ、いや……それは全然問題ないんだが……」

さすがのイズミも、あの襤褸に等しい布切れを若い女に着させ続ける趣味はない……のだが。

「……よりにもよって、部屋着用のクソダサＴシャツとジャージか」

「う……な、何か問題があったか……？」

「ま、まさかとんでもなく高価なものだったり……!?」

逆である。ペトラが着ているクソダサＴシャツは、ネットで適当に買ったものだ。白地に落書きのような間抜けな表情の猫が描かれていて、その横には【あいらぶおさかな】とこれまた気の抜けた字体で書き込まれているという、酔った勢いでもなければ誰も買わないような逸品だ。

そして奥様のは、いい加減だいぶ草臥《くたび》れてきた緑色のジャージだ。もし深夜のコンビニで同じ格好の女を見かけたら、「ああ、きっとこの人の私生活はズボラなんだな」……と、十人中九人がそんな感想を抱くようなものである。

「全然高価じゃないし、むしろそんな安っぽいものしかなくて申し訳なくなってくるくらいだよ」

「うふふ。またまたそんなご冗談を。こんなにも肌触りが良くて、伸縮性もあって……私、こんな気持ちの良いお洋服は初めてですわ」

「まったくだ。それに、これだってずいぶんと上等なしっかりした生地だし……この絵も、なかなか味があるうえにどうやって描いたのかまるで想像できない」

奥様もペトラも、初めて会った時と比べてずいぶんと印象が違う。

綺麗な銀髪に、テオとよく似た碧《みどり》の瞳。どこか儚げな雰囲気がありながら、それでいて優しさにあふれた顔立ち。身長はイズミよりも頭一つは小さく、全体としてほっそりしていて思わず守ってあげたくなるような……そんな雰囲気を放っている奥様が、自分のズボラジャージを着ている。そのギャップがなんだか面白くて、イズミは変な扉を開けそうになった。

親しみのある赤毛に、深い蒼《あお》の瞳。全体的に力強く、可愛いというよりかはカッコいいという言葉が似合う顔立ち。女性にしては身長が高めで、アスリートを思わせるようなしなやかで無駄のない、肩回りや腰回りもしっかりした体つき。そんな凛《りん》とした雰囲気を持つペトラが、自分のクソダサTシャツを着ている。なんの他意もなく泊まりに来る女友達がいたとしたら、きっとこんな感じなのだろうとイズミは思った。

「私たちを助けてくれて、本当にありがとうございます。もう、なんてお礼を言えばいいか……」

「ここまで来てくれたことも、塔から脱出できたのも……イズミ殿がいなかったら、私たちはあの塔に朽ちて動く死体の仲間になっていたことだろう。本当に、本当に……ありがとう」

「お、おう……」

あの時は全然気付かなかったが、二人ともやはり相応に美人だ。体を清潔にしているのはもちろん、何より髪の色が文字通り比べるべくもなく輝いている。むしろ、栄養状態が最悪で、ろくに体を清められなかった状態と比べるほうがおかしいと言っていい。

しかも、明らかに。

「……何、照れてるんですか」

二人からは、風呂上がりの……寂しい男の一人暮らしでは絶対にある筈のない、特有の甘い匂いがする。

「いや……なぁ？」

真横からじとっと睨まれて、イズミはぎこちなく目を逸らす。平常に戻った今、奥様とペトラと落ち着いて話すのは初めてであり……要は、初対面のそれに近い。ミルカ以外の女性とは長らく喋っていなかったイズミにとっては、これはこれでそれなりに緊張する事態であった。

「おっと、テオは？」

「うふふ……テオなら今、お昼寝中ですよ」

「さっきまで奥様が寝かしつけていて、交代で湯をいただいたんだ。……ある程度はミルカから事情を聴いたが、本当にすごい家だな」

ああ、だからさっきミルカは言葉を濁したんだとイズミは思い当たる。そして、自分はろくに話していないことに気付いた。

「じゃあ、改めて——こんな格好で申し訳ないが」

こほん、とイズミは咳払《せきばら》いをした。

「俺は四辻イズミ。俺の家へようこそ、お二方——歓迎するぜ」

そして、こっちこそが大本命。

「——知っていることを、洗いざらい話してもらおうか！」

悪人のようににやりと笑ったイズミを見て、奥様はちょっぴり困ったように笑った。いつの間にやらミルカが座布団を引っ張り出してきていて、横たわるイズミに寄り添うように、三人がそこに腰を落ち着ける——という様相になっている。

「ええ、もちろんですとも。……そうですねえ、まずはどこから話すべきか」

どれから聞きたいですか、と奥様は小さく首を傾げた。

「そーだなァ……。色々あるが……まずは、あの鍵の正体からだ」

手紙に書いてあった鍵。これを持って囚われた奥様の元に辿り着くことさえできれば、後は帰りのことなんて気にせず何もかもが上手くいく……と、最初はそういう触れ込みであった。

しかし、実際には奥様はあの鍵が事態を打開する鍵になることは知っていても、それがこの家の鍵であることは知らなかったし、それをどう使えばいいのかもわかっていなかった。挙句《あげく》の果てに、最後の最後で【魔封じの外に出る】という条件まで追加されたという経緯がある。

考えてみれば、最初から最後まで徹頭徹尾《てっとうてつび》不思議なことだらけである。いったいどうして奥様は鍵の存在を知ることができたのか、どうしてそれで物事を解決できると判断したのか。結果的に見れば、今こうして誰もが無事でこの家に帰ってくることができているが、それだっていくつもの偶然が重なった結果に過ぎない。

奥様は、にこりと柔らかく笑いながら告げた。

「端的に言いますと、あれはイズミ様の力そのものです。……もう、ご自身でなんとなく、気付いているのではありませんか？」

「……」

「私にはその感覚は理解できませんが……ええ、それを体験した人はみんな、昔からそれができていたかのように……心のどこかに、それが宿っているのが感じられると仰っていました」

――House Slip

あの時イズミの心の中に浮かんだ、一つの呪文。呪文と言うよりかは、そのまんま単語の羅列ではあるが、確かにそれは――今現在も、イズミの心のそこに宿っている。

「……この家を呼び出す力。正確に言えば、鍵を持った家主の呼びかけで、家を転移させる力か」

「ええ……おそらくそうだと思います。あの時……最後の瞬間、イズミ様は鍵を用いてこのお家をここに呼び出しました。おかげでこうして安全な場所で、魔獣や動く死体を恐れることもなく……こうして、過ごせているというわけです」

「なるほどな。この家の鍵は、この力を使うための文字通りのキーアイテムだ。そして、この力を使えるならば、帰り道なんて考える必要がない……万事解決とはよく言ったもんだ」

そもそもこの旅の最大の懸念点として、奥様たちを救出した後の帰り道が挙げられていた。水も食料もそんなに多くは運べないし、何より帰りは道標となる探知機が使えない。慣れない森歩きを考えると、遭難する可能性が大いにあった。

でも、家のほうからこっちに来てくれるなら、それらの心配は全部解決する。

「よし。鍵の正体についてはわかった。次に行こう」

「次……って言うと、何になるかしら……」

「……そもそもなんで、この鍵のことを知れたんだ？ 鍵の使い方すら知らなかったのに、どうしてこれさえあれば問題解決になるって確信してたんだ？」

その疑問に答えたのは、意外にもペトラのほうであった。

「そうか……よく考えなくとも、イズミ殿は異界の人間であったな。ならば、知らないのも当然か」

「その口ぶりだと、ほかの人なら知っていてもおかしくない……ってことか？」

「ああ。我々、正確には何故奥様が鍵の存在を知っていたのか……その答えは」

「その答えは？」

「――奥様が、水の巫女だからだ」

水の巫女。それ自体はイズミもミルカから聞いている。偉い立場ではあるが貴族ではなく、なんか水の魔法の素養がとんでもなく高くて、歴代トップの実力を備えている。所属としては神殿で、巫女の立場で国に貢献しているという特別な立場なのに、クソ旦那がその巫女に手を出したから今回の事件に繋がった……と、そんなあらましだった筈だ。

「宗教的……でいいのかわからんけど、すごい立場の人だってことくらいしか俺にはわからない。どうして、それが答えになる？」

「あら……ええと、ミルカから聞きませんでしたか？　水の巫女の役割を。たぶん、結構ざっくりと言うか、ふわっとした感じだったとは思うのですが」

「ええと……なんか、命と流れの象徴とか言ってたような」

「ええ。まさにそれです」

ぱん、と奥様は可愛らしく胸の前で手のひらを合わせた。

「水とは命と流れの象徴。そして人は皆、時の流れ、運命の流れ……あなた自身の命の流れに身を委ね、その生命《いのち》を謳歌《おうか》している。流れは常に形を変え、変化し、いくつもに分岐して、そしてまた戻ってくる。ありとあらゆる可能性……あなた自身が乗っている流れに、あなたそのものという流れ。水の巫女とは、それをほんの少しだけ理解し、ほんの少しだけ導くことができる存在なのです」

「んんん……？　つまり、わかりやすく言うと……？」

「奥様は人の運命の流れを読み解くことができる……簡単に言うと、未来予知ができるんだよ」

「マジかよ」

水とは命と流れの象徴。時もまた流れる以上、一種の水である。生命は流転し、回帰するのであればそれもまた流れ。形を変え、あらゆる可能性を持つ水であるからこそ、水の巫女としてその流れを読み解くことができれば、一種の未来予知、予言のようなことができるらしい。

「それこそが、水の巫女の役割の一つ。神殿では、疫病《えきびょう》や大飢饉《だいききん》、魔獣の発生など……流れを読み解くことによって、未曽有の脅威を発生する前に取り除く役務を務《つと》めておりました」

「ほぉ……つまり、その力を使って鍵の存在を知ったのか」

「ええ。ただし、すごく感覚的な話になるのですが……流れの先を見るというのは、こう、感じとると言いますか……それを理解できても、その詳細まではわからないのです」

「その光景を目で見たり、耳で聞いたりできる……ってわけじゃないらしいんだ。普段なら、それでも十分に内容は理解できるものなんだが」

「この世界にはない鍵が、この世界には存在しない筈の家を呼び出す鍵となっていて、帰り道の心配もせず安全地帯に篭城《ろうじょう》できる……そりゃあ、意味がわかんねえな」

「ええ……私もあの流れを読み解けた時、本当に何がなんだか……そして、お気付きの通りこの力は決して万能ではないのです」

「ふむ？」

「まず第一に、自分の意思で流れを読み解くことはできません。それができるのは、その流れを感じとれた時だけ。予兆や兆候は一切なく……本当に突然、ふっとその流れを感じるのです」

「まぁ、それもそうか」

自分で好きなだけ未来予知ができるのなら、奥様たちはこんな目にあっていないだろう。クソ旦那と結婚したらどうなるかもわかっていた筈だし、今回の事件だって回避できていた筈だ。

「そして……流れを読み解くというのも、あくまで今この場から流れの先を見て、予測しているだけに過ぎません。決して、流れの行き先そのものを直接見ているわけではないのです」

「……つまり？」

「――読み解いた流れは、ちょっとした出来事に影響を受けて、いくらでも変わってしまうということですよ」

「イズミさん。私が【言いたくても言えなかった】のはこれが理由です。これは経験則ですが、予知された未来を達成したいのであれば、できるだけ余分な情報は与えないようにして、自然に、あるがままに過ごしたほうがいいんです。下手に結果を知って、その通りにしようと動いたら……」

「……それ自体が影響因子となって、元の予知した光景とかけ離れた結果になる、ってか」

SFなどでよく見る、バタフライエフェクトとかの類だろうとイズミは当たりをつけた。さすがにその手のことは専門ではないが、最初に想定していた条件と異なる条件で運用すれば結果が変わる……なんてことは、流れというマジカルでオカルトなことを交えなくてもわかることだ。

「オーケー、理解できた。つまり奥様は、手紙を書いた段階で鍵の力を使えば解決できるってのはわかっていた。水の巫女の予言だから、ミルカさんも詳細はわからずともその事実は信じられると判断できた。でも、その事実そのものは……どうしてそうなのかを俺に説明するのは」

「ええ……どうしても、この水の巫女の予知の話をしないといけません。そうすると、イズミさんは予知であるという前提で行動をしてしまうことになる。そうなると……」

「せっかくの予知の意味がなくなる。だから、信じてくれと言うほかなかった……ってことか」

今から思い返してみれば、思い当たる節はいくらでもある。言いたくても言えなかったのは、ひとえにその希望の予知を達成させるため。最初から最後まで、ミルカは水の巫女の予知という力に触れない範囲で、開示できる情報をイズミに教えていたのだ。

「塔の途中で、【上手くいき過ぎてるから問題があるかも】……みたいな話をしていたのも」

「そうだな。イズミ殿が異世界人だなんてわからなかったから、動く死体があんなにあっさり片付けられるとは想定していなかったんだ。この状況にイレギュラーもへったくれもないだろうが、あまりに予想外過ぎたから、そういう意味で不安ではあった」

「実際、石の騎士っていうラスボスもいたもんな……あと、水底に映った月云々《うんぬん》の話も」

「け、結構良いたとえではありませんでした……？　月が未来のことを示していて、それに向かって下手に色々しようとすると、その未来が見えなくなっちゃうっていう……！」

「わかるよーな、わからないよーな……あの時の異質な水っていうのは、つまりこの世界の人間でない俺のことを指していたのか」

「ええ……イズミ様が関わっていたからか、いつものそれに比べてずいぶんと読みづらいと言いますか……こう、どことなくぼやけてわかりづらいような……」

「ちなみに補足ですが、以前お伝えした通り、奥様の水の巫女としての力は歴代でも指折りです。こんなにもはっきりとした予知ができた巫女は、今まで一人もいなかったと伝わっています」

「俺としちゃ、ざっくりでも予知ができるってだけで十分すごいと思うよ」

種明かしをしてみれば、本当に最初から最後までそれらしい言動でいっぱいだ。逆に、ここまでそれらしい事実が突き付けられているのに、どうして自分は察することができなかったんだとさえ思えてくる。

「……そういえば、俺の肩って砕けていたような気がするんだけど」

「ああ、そちらは私が治療させていただきました。これでも水の巫女ですからね！　魔封じさえなければあれくらいちょちょいのちょいですよ！」

「あ、ど、どうも……」

砕けた肩に痛みはないし、擦り傷、切り傷特有のヒリヒリした痛みもない。ミルカもペトラも奥様もその類の傷は見受けられないところを見ると、きっと奥様が魔法で全部治療したのだろう。

「もちろん、イズミ様の毒も同じように治療したのですが……魔法毒の割合が普通のそれとかなり違っていたのと、元々イズミ様には癒《いや》しの魔法が効きにくいようで……肩も含めて、治すのにかなり時間がかかってしまいました。同じように毒を食らったミルカは、すぐに回復したのですが……」

「ああ……それはたぶん、俺に魔法の素養がまったくないのも関係しているんだろうな。癒しの魔法の仕組みは知らないけど、少なからず本人の魔法的な何かに働きかけたりしてるんじゃないか？」

「詳しく調べないとはっきりしたことは言えませんが、おそらくは。……なので、私の治療にあまり大きな期待はしないでください。……その代わりと言ってはなんですが、おそらくイズミ様は魅了や幻惑、あるいは純粋に魔力だけで構築された炎など、被対象者に魔法的に作用する魔法については、恐ろしいほどの耐性があると思います」

「なるほど。良い意味でも悪い意味でも、魔法への耐性があるってことか」

とはいえ、なんだかんだで治っていないのは、疲労や衰弱といったものばかり。これればかりはもう、美味しいものをたくさん食べてゆっくり寝て休むしか解決方法はない。

「あと、最後に一つ……」

「なんでしょう？」

「実際問題として、俺はあの瞬間まで自分にあんな力があるなんて知らなかったぞ？　それなのにどうして、予知で俺が鍵を使うってのがわかったんだ？」

「それは……水の巫女のもう一つの役割に関わってきますね」

「もう一つ？」

「ええ。水の巫女の役割は、治療に予知、そして……喚起、とでも言うべきものです。さらに言えば、それこそが最初に【私に会えばすべてが解決する】という予知に繋がるものだった……のだと、思います」

「……」

「人の中に眠っている、その本質──力の流れ。私はちょっとだけ、その流れを導くことができます。行き場もわからずよどんでいたそれを、正しい方向へと導いてあげられるのです。これすなわち──」

「本人に眠っている潜在能力を、引き出す？」

　奥様は、にこりと微笑んだ。

「その通りです。体験した人からは、体の中に眠っていた力が湧き出てあふれ出すような……なんて、言われていますが。私の感覚としては、ちょっと手招きして引っ張ってあげているような、そんな感じですね」

　蛇に噛まれた後の、あの感覚。確かにアレは、ちょっと流れを整えてもらったと言うよりも、自分では気付かなかった新たな力があふれ出してきたと表現するほうが相応しい。

「本来だったら、俺が奥様に会った段階でこの能力を呼び起こしてもらって、それで解決だった。でも、魔封じのせいで喚起が使えなかった」

「だから、魔封じの外に出る必要があったってことですね。……少し、予知が外れてしまったのだと思います」

「喚起の力は魔法なんだろ？　俺に普通に効いたのはなんでだ？」

「んー……力づくで無理やりいけたのか、あるいはイズミ様の能力そのものは魔法じゃないからか……現に、あの時から一度もイズミ様の魔法の匂いはしていませんし」

「ま、今となってはどうでもいいか……ふぁ」

どれほどの時間話し込んでいたことだろう。いい加減喉が渇いたし何より眠くなってきて、イズミの口からは大きなあくびが漏れた。

何気なく窓の方を見てみれば、空が真っ赤に染まっている。紛れもなく夕焼けだ。さっきまでは全然気付かなかったが、イズミが起きたのはどうやら午後の遅い時間であったらしい。

大あくびをするイズミの様子を見て、ミルカが優しく声をかけた。

「あら……おねむの時間ですか？　まだ本調子ではないですし、今日はお開きといたしましょうか」

「ん……そうだな。どうせ時間はあるんだ、飯の時間になったら起こしてくれると嬉しい」

「ええ。では、そのように……もう、結構しっかり食べられそうですか？」

「あー……スープと、卵粥《がゆ》くらいで。デザートも何かあるといいな」

にこっと笑って、ミルカがそれを了承する。そして、再びイズミをベッドに横たわらせようと、その肩を支えよう……として。

「あ……ちょっと待って、ミルカさん」

　イズミが、それを止めた。

「わがままだってことはわかってるんだが……テオ、テオを抱きたい。ちゃんとした抱っこはダメだろうが、ベッドの上で……膝に乗っけて抱っこするくらいならいいだろ？」

「体は痛く……いえ、痛かったとしてもやり通すって顔してますね」

「そりゃな？」

「……奥様？」

　最後の最後。まだ、イズミはテオの顔を見ていない。無事だっていうことは頭では理解しているし、奥様もペトラもミルカもこうしてここにいる以上、心配することなんて何一つとしてないのだが……それでも、眠りに落ちる前にどうしてもイズミはテオのことを抱きしめておきたかった。

　もしかしたら……この瞬間が夢で、起きたらまたあの悪夢のような現実に引き戻されるのかもしれない。今この光景は、蛇毒に魘《うな》された自分が見ている最後の夢なのかもしれない。現実の自分は、まだあの塔の前で倒れ伏しているのかもしれない――なら、夢の中であろうとも、テオのことを抱きしめておきたいと、そんな心がどこかにあったのかもしれない。

「是非もありません……そろそろ起こさないと夜眠れなくなっちゃいますし、抱っこしてあげてくれますか？」

　そんなイズミの心を見透かしたかのように奥様は柔らかく微笑んで、部屋を後にする。そして……時間にして一分もしないうちに、イズミの耳にその元気な声が聞こえてきた。

「うー！　うー！」

奥様に抱っこされたテオは、イズミの顔を見るなり手足をパタパタと動かして嬉しそうに笑った。

ついさっきまでお昼寝していたというのは本当のことのようで、そのお口周りには今もわずかばかりのおよだの痕が残っている。

「おお……！」

今日もやっぱり、テオのお顔はぷくぷくのまんまるで、おめめはぱっちりしている。赤ん坊らしいぷにぷにの手足には、やはり赤ん坊特有の手首、足首のくびれがあった。

「さ……どうぞ」

そっと、優しく奥様がテオをイズミに受け渡す。慎重にテオの脇腹に腕を差し込んだイズミは、自身の体にテオの体すべてを預けるようにして、テオをぎゅっと抱きしめた。

「まうー！」

「ははは……！　なんだよお前、元気そうにしやがってよぉ……！」

森の中の行軍。ガブラの古塔の探索。動く死体の討伐に、あの石の騎士との死闘。

そんなものがすべて夢や幻であったかのように、テオは元気にころころと笑っている。

ふにふにの柔らかい体。イズミの腕の中に感じるそれは、なんだか泣けてきてしまいそうなほどに尊く、そして温かい。

「う！　う！」

「よーしよしよし……！」

ぺちぺちぺち、とテオがイズミの頬を叩く。きっとじょりじょりのお髭《ひげ》の感覚を気に入っているのだろう。テオはイズミに抱っこされるたびにいつも同じことをしていて、そしてミルカに抱っこされた時は全然そんなことをしない。

「あら……聞いてはいましたが、本当によく懐いているのね……！」

「いやいや……なんだかんだで、こんなに嬉しそうな姿を見るのは初めてだよ。やっぱりママに抱っこしてもらえるようになったのが嬉しいんだろうなァ」

「うふふ……そうだといいんですけど」

確認するまでもないが、テオとイズミに血の繋がりはない。抱っこされるなら見ず知らずの男と大好きな母親——どっちがいいかだなんて、答えは聞くまでもない。

それでも、テオはイズミに抱っこされて嬉しそうに笑っている。そしてイズミもまた、こうして再びテオを抱っこすることができて、言葉で表現しようのない喜びを感じている。それはもう、誰にも否定することのできない純然たる事実としてそこに存在していた。

「……お前、ちょっと大きくなったか？　なーんか微妙に、抱き上げるのが大変になったような」

「うー？」

「それはおそらく、イズミさんの体が弱っているからだと思いますわ」

「そうかしら？　私が抱っこした時も、同じように思ったけれど」

「奥様だって弱っていたではありませんか……」

今一度、確かめるようにイズミはテオをぎゅっと抱きしめた。赤ん坊特有の、淡いミルクのような甘い匂いが鼻孔をくすぐり、なんとも言えない安心感がイズミの心を満たす。父性がくすぐられているような気がして、イズミは少しばかり照れくさい気持ちになった。

「いやはやしかし……どうしてこうも、赤ん坊っていうのは愛おしいものかね」

「あらやだ、イズミさんったら。言っていることがまるでおじいちゃんみたいですわ」

「しょうがないだろ、可愛いもんは可愛いんだから……俺も結婚して子供がいれば、これくらいの年頃だったのかな」

イズミの齢《よわい》は三十とちょっと、である。普通なら結婚していておかしくないどころか、よちよち歩きの子供がいてもなんら不思議はない年頃だ。

「何言ってるんだ、イズミ殿。まだまだ若くてこれからじゃないか」

「そうですよ。それに……良かったら、ミルカなんてどうです？」

「ちょっと奥様っ!?」

「おお。そうだな、あと三年経っても互いに良い人がいなかったら……」

「イズミさんもッ！」

冗談めいたそのやり取りも、こうして無事に一つの困難を乗り越え、家で安らぎを得ているという実感をもたらしてくれた。

「んま！　んま！」

「やー、でもホント……ようやっと、一息つけたというか、安心できたというか……」

「帰らずの森のど真ん中とはいえ、敵に襲われる心配もないし、食料の心配もないのだものな……。ちょっと前なら、こうして安寧の場所でみんなで語り合うことができるなんて考えられなかったのに。もうこのまま、一生ここで過ごしていても問題ないくらいだ」

「俺は別にそれでもいいけど、テオの情操教育的に良くないだろうし、ミルカさんも奥様もペトラさんも、こんな何もない森の中でこんなつまらない男とずっと暮らすっていうのは退屈だろう？」

なんの問題も憂いもなくなった今、考えるべきはこれからの話だ。今までは森から出られないという問題があったが、イズミが手にした新たなる力――家そのものを呼び出すという力があれば、この森を脱出することは難しくない。

奥様たちの街に戻ってケジメをつけるのか。昔のことなんて綺麗さっぱり忘れ去って旅に出るのか。もちろん、このまま森に引きこもって悠々自適《ゆうゆうじてき》の生活を送るというのも選択肢の一つだ。

いずれにせよ。

「しばらくは休むぞ。最低でも一か月は。好きな時に寝て好きな時に食って、好きな時に風呂に入って……そんなダメな大人の見本みたいなぐうたら生活を過ごしてやる」

「それが良いですわ。幸いにして、それを咎《とが》めるような人たちなんて、ここにはいませんもの」

難しいことを考えるのは後に限る。先送りしても問題のないことならば、そうしたほうがいい。何より今は、互いに体を万全の状態に戻すのが先決であった。

「うー！　だうー！」

「……それにしても」

腕の中でにこーっと笑うテオを見て、イズミはふと考えた。

「今更ながら……どうして、俺はこの世界にやってきたんだろうな」

なんの前触れも予兆もなく、ある日突然イズミは家ごとこの世界に呼び出された。玄関を出たら目の前に森が広がっていて、そのまま元に戻ることなくこうしてこの世界に居続けている。

普通だったらありえない事象だ。これで何かしらのきっかけがあればまだ納得ができるのだが、大地震が起きただとか、宇宙人が襲来しただとか……そういった特別なことは、イズミの知る限り何一つとして起こっていないのである。

「なぁ、奥様って未来とかそういうのに詳しいんだよな？　……俺がこの世界に来た理由とか、そういうのって知ってたりする……のか？」

なんとなく思いついた、そんな考え。奥様は少し悲しそうに、首を横に振った。

「残念ながら、私にもさっぱり……そもそも、異界の人間がこの世界に現れたということ自体、記録にないことですから」

「そっか。まぁ、そうだよな」

「ですが……根拠も何もない推測、程度であれば」

「おっ？」

別に推測でもなんでもいい。どのみち既存の科学じゃ説明できない事柄である以上、その妥当性なんてイズミには判別できないのだから。

「万物には流れが宿っています……。人の命も、そして運命でさえも。つまるところ、この世のすべては水に喩《たと》えることができるのだと思うのです。……もっともこれは、私が水の巫女だからこそ、そう思えてしまうのでしょうけれども」

「実際それで飯食ってるんだから、事実だと思うぜ」

「ふふ、ありがとうございます……。それでですね、この水の流れという喩えは、もしかしたら世界そのものにも適用できるんじゃないかなって」

「ふむ？」

「今まではほかの世界の存在なんて考えもしなかったのですが……そう考えると、ある程度しっくりくるところがあるのです」

　ぴん、と奥様は人さし指を立てた。

「世界とは、流れが集まることでできた一つの水たまり……いいえ、もっと大きな池や泉のようなもの。それはきっとおそらく、互いに混じることなく何かで隔てられている。隔てられているからこそ、別個の世界として存在している」

「池の一つ一つが世界……なるほどね。流れという意味でも、別世界って意味でも強ち間違っていないのかも」

　今度は逆に、イズミが語る番だ。

「それが、なんらかの理由によりたまたま一部が流れ出して別の水たまりに入っていった。誰かが悪戯で水路でも掘ったのか、急な雨であふれたのか……その理由はわからないけれど。その流れ出た一部ってのが、たまたま俺とあの家だったってわけだ」

「うふふ……近い、ですがちょっと違うと思います」

「……つまり？」

「イズミ様の世界である水たまりより、この世界の水たまりは下に在った……何かの揺らぎで、ほんの少しだけ零《こぼ》れてしまったのがイズミさんだと思うのです」

　水路を掘って連結したのなら、もっとたくさんの何かがこの世界に流れ込んでいる。水があふれた場合もまた然り。確認できる限りではイズミとあの家しか「流れ込んで」いない以上、ちょっとした揺れでコップから水が零れてしまったのに等しいのではないか……というのが、奥様の考えであるらしかった。

「この上や下という考えは、イズミ様に魔法の素養がないことからも概ね正しいのではないかと」

「そうなのか？　魔法の素養のあるほうが上なような気もするけれど」

「逆ですよ……。私たちには魔法の素養が必要ですが、イズミ様の世界は、魔法なんてなくても十分にやっていける上位の世界ってことなんですよ。だからこそ、下位の世界の技術である魔法がイズミ様に効き難いのです」

「あー……なるほど、そういう考え方もできるのか……」

上手く言語化するのは難しいが、イズミの世界、ひいてはそこに属する存在そのものがこの世界のそれに比べて上位に位置するのだという。だからこそ、「揺らぎ」によって流れ込んできたのは上から下方向、すなわちイズミの世界のものであり、そして上位世界の存在であるイズミには下位世界の存在である魔法があまり効かないのだ。

「もちろん、最初に言った通りあくまで推測でしかありませんが……」

「いやいや、なかなか興味深かったよ。たとえ推測だろうと、筋はしっかり通っているし……どうせ、真実なんざ誰にもわからないんだ。なら、俺の中ではこれが真実さ」

ほんの少しだけ触れることのできた世界の仕組み。根拠も証拠もない憶測だけのそれ。しかし何故だか、イズミにはそれが真実であるように思えてならなかった。

そして、一つの事実に思い当たってしまう。

——上から下へ流れ込んだのが俺だってことは、その逆は難しいんだろうな。

二つの水の入った皿。なんらかの拍子に上の皿の水が下の皿に流れ込むことはあっても、その逆だけは絶対にありえない。もし下の皿から流れるとしたら、さらにその下に行くしかない。

もしかしたら、探せば上に行く方法もあるのかもしれない。だが、そんなものが果たして本当にあるのか……あったとして、簡単に実行できるものなのか。

「……どうしました、イズミさん。そんな……何か、思い悩むような顔をして」

「いや、大したことじゃないんだ。ただ……」

ミルカに声をかけられ、ふっとイズミは顔を上げる。

どうせ、田舎で独身一人暮らしをしていた自分だ。親はとっくに逝ってるし、妻子はおろか恋人すらいない。気がかりなんて、無断退職になってしまったことくらいだ。

はっきり言って、今の働かなくても自由に暮らせる生活を考えれば、前の世界への未練なんて、実はそんなにないというのがイズミの実情だった。

「零れ落ちたのが、俺で良かったなって。すごい偶然だろうけど、こうしてミルカさんにもテオにも会うことができた。奥様とペトラさんも助けることができた。これだけでもう、俺の生まれてきた意味を成し遂げたような気分だよ」

「う！　あう！」

「……なんか、さらっと恥ずかしいことを言ってくれますね」

腕の中のテオがぱたぱたと動き、そしてミルカがほんの少し顔を赤らめる。

「そう、だな……もし零れ落ちたのがイズミ殿でなければ、私たち全員、こうして生きてはいなかっただろうよ」

「ええ、本当に……。ミルカとテオは森に朽ちていただろうし、私とペトラは動く死体になってこの辺を彷徨っていたかも。水の縁《えにし》と加護には悪いですが、今はイズミ様に祈りを捧げたいです」

「──あ、やっぱ偶然じゃないかも」

水の縁。そして水の加護。やっぱりどこまでも奥様は水の巫女で、そして水や流れというのはイズミについて回るものであるらしかった。

「たぶんだけど、奥様も……そしてテオも、水の加護とかそういう系のアレがある感じだろ？　水の神様が見守ってくれている的な」

「え、ええ……言いたいことはなんとなくわかりますわ。水の巫女である私はもちろん、この子も強い水の加護がありまして……水がこの子を助けたり守ることはあっても、水がこの子を傷つけることは絶対にありえません」

「やっぱりな……そういや、あの時テオがすごい水の魔法を操って見せたのも、その水の加護があったからだったりするのかな」

「そうかもしれませんが……単純に、私が襲われているのを見て感情が爆発したのも理由の一つかと。……それで、いったいどうして偶然ではない、と？」

「──イズミ」

たった三音の言葉。イズミの口から発せられたそれに、奥様もペトラもミルカも、不思議そうに首を傾げた。

「……イズミ殿の名前が、どうかされたのか？」

「そっちにどんな風に聞こえているかわからないけれど……個人の名前なんだから、『い』『ず』『み』の三音で聞こえているよな？」

「え、ええ……」

「これな……俺の国の言葉で、泉《いずみ》って意味なんだよ。水が湧いているほうの泉。イズミと泉……こっちでは同じ発音なんだけど、違って聞こえる？」

「ぜ、全然違って聞こえます……こっちでは泉の発音は『いずみ』ではないので……！　むしろ今までイズミさんが泉を別の発音で話していたってことに初めて気が付きました……！」

「あはは、俺にはどっちも同じ『いずみ』に聞こえるぜ……」

何度も確かめるようにいずみ、いずみと呟く三人を見て、イズミは思わずくすりと笑う。この謎の翻訳能力の仕組みは未だにわからないが、名前のイズミと水の泉はイズミにとってはどちらも同じ「いずみ」だ。おそらくは言い分けることができるのか確かめているのだろうが、イズミからしてみればなかなかに面白い光景だった。

「でも、偶然ではないって……ああ、そうか！」

「そう。テオには水の加護があるんだろ？　水が助けてくれるんだろ？　じゃあ、そんなテオを助けるのは——泉《イズミ》が相応しいんじゃないかな」

本当かどうかはわからない。はっきり言ってこじつけとしか言いようがない。それでもやっぱり——真実なんて誰にもわからない。ならば、信じたいそれこそを、真実としてしまってもいい筈だ。

「俺がこの世界に来たのは、偶然じゃないんだろうよ。水の縁とやらで……テオを助けるために、みんなを助けるために俺《イズミ》が選ばれたんだと……俺は、そう信じることにする」

「だーう！　だーう！」

「ふふ……そうかも、しれませんね！」

ミルカとテオを助けたのはあの雨の日だ。思えばそれも、イズミという異質な水とこの世界の流れを繋いだものであったのかもしれない。それがあったからこそ、ミルカとテオは追手から逃げることができて、そして最低限の喉の渇きを潤し、イズミの家へと辿り着くことができたのである。

「……うー？」

「また、こうしてお前を抱っこすることができて……ホントに、良かったよ」

腕の中であどけなく笑うテオを見て、イズミは心の底からそう思った。ほんの数か月前、こちらに迷い込んでしまった時には考えられないような温かで幸せなこの現状に、心の底から感謝した。

願わくば、いつまでも、いつまでもこの幸せを噛み締めていたい。この温かで穏やかなそれを、感じ続けていたい。それは……その流れは、これから紡いでいくものである。その流れの先にどんなものが待ち受けるかなんて、今のイズミには、そして水の巫女である奥様にも、確かなことはわからない。

だからこそ。

「改めて……しばらくは、ここでゆっくりしよう。後のことはその後考えればいい」

テオににこりと微笑み、そしてイズミは改めて目の前にいる三人に笑いかけた。

「どれくらいになるかわからないけど……これから、よろしくな」

はい、という三つの言葉が、夕焼けの茜《あかね》に染まる部屋に響いた。

5　暖かな我が家　-Satisfy-

「あー……」

意識が戻ってから三日。今日もまた、イズミはベッドの上で過ごしている。

イズミの感覚で、時刻はおよそ十時過ぎといったところだろう。朝と言うには遅く、しかし昼と言うには早い中途半端な時間だ。

「暇だな……」

朝六時に目が覚めてからもう四時間。いや、まだ四時間。しっかりばっちり目が冴《さ》えているイズミにとって、それはあまりに長過ぎる時間。無聊《ぶりょう》を慰めようにも、ベッドの上でいったいどれだけのことができるというのだろう。

普段だったら、もう一眠りしていたかもしれない。なんにも気にせず好きなだけ寝ることができるなんて、最高だ……と、そう思っていたに違いない。

だが、こんな生活を三日も続ければ……さすがのイズミも、いい加減飽きてきていた。

「なぁ、ミルカさん……」

イズミはベッドの傍ら、椅子《いす》に座って針仕事をしているミルカに問いかけた。

ミルカは一瞬だけ針から目を逸らし、そしてイズミに向かってにっこりと笑う。

「ダメです」

がくり、とイズミは心の中で肩を落とした。

「三日も意識を失って、体中がボロボロだった人が……ほんの数日寝ていただけで、完治するわけないでしょう？　あんまりわがまま言わないで、おとなしく寝ていてくださいまし」

「とは言っても……ホントにマジで暇なんだよ……」

「そんな、子供ではないのですから……だいたい、今までだって似たような生活ではありませんでしたか？」

「そりゃ、そうだけどさ……」

扉の向こう。わずかに開けられた隙間のその先から、奥様とテオの声が聞こえる。テオのはしゃいだ声を鑑みるに、きっと奥様に遊んでもらっているのだろう。母と息子の和やかな戯れが、今のイズミにはたまらなく羨《うらや》ましく思えてならなかった。

窓の外からは、アー、アーと鳴くシャマランの声とペトラの声が聞こえる。シャマランの調子を見ているのか、はたまた餌でもあげているのか。少なくともそれは、こうしてベッドの上で唯々《ただただ》寝ているよりもはるかに楽しいことだろう。

「なぁ、ちょっとこっちにテオを連れてきてくれたりとかは……」

「ダメです」

「……けち」

「何を言っているのですか。朝とお昼と夕方……三回もごほうびの時間をあげているでしょう？そういう約束だったじゃないですか」

「だって本当に暇で暇で……」

「そんな顔されても、ダメなものはダメです。そんなにテオと遊びたいなら、わがまま言う前にぐっすり寝て体を治してからにしてくださいな」

ミルカがここで針仕事をしているのは、何もイズミの介抱をするのだけが目的ではない。いや、最初のうちは文字通りそのためだけに待機していたのだが、昨日イズミがミルカが洗濯物を干している隙をついてテオの元に向かったことをきっかけに、監視の役割のほうがメインになったのである。

そんなわけで食事とトイレ、そして風呂以外の時間のほぼすべての時間をイズミはベッドの上で過ごさざるを得なくなっている。テオと戯れることができるのも、食事の時に少しだけ、だ。

「ミルカさんだって、ベッドの上で退屈な日々を過ごしただろう？　俺の気持ち、わかってくれるんじゃないか？」

「あら。私の時は、もう安心感でいっぱいで……ずっと、ずぅっとこの時間が続けばいいなって思っていましたよ。隣でイズミさんとテオが遊んでいる声を聴くだけで嬉しかったですし、イズミさんも今の私と同じようにちょくちょく話しかけてくれましたから」

「くそ……異世界ギャップってやつか……！」

元々ミルカは使用人で、娯楽を楽しむだとか余暇を満喫するなどといった時間はほとんどなかった。さらにそもそもの話として、現代日本のように娯楽にあふれているわけでもない。イズミのように暇だと思う感覚そのものが存在しないのだ。

「……ミルカさん」

「なんでしょう？」

「今、何作ってるの？」

「テオのよだれかけですわ。なんだかんだで今まで用意できていなかったので、この機に何枚か作ってしまおうかと」

「ああ……どうせ布はいくらでも使い放題だもんな。……よだれかけを作った後はどうするんだ？」

「そうですね……次はテオのおしめですね。その後に簡単にテオのお洋服を作ろうかと。ずっとお家の中だから、今は必要ないかもしれませんが……さすがに今の状態のままではいけないですし」

「タオルを巻いてるだけだもんなァ」

「赤ちゃんなんて、どこの村でもそんな感じではありますが……たとえ作ったとしても、すぐに大きくなって着れなくなっちゃいますし」

「しっかりした服が用意できるなんて、恵まれているってことか」

「……その口ぶりだと、イズミさんの国では赤ちゃんにも普通の服があるってことなんですね」

ちなみに、ミルカが作ろうとした赤ん坊の服とは、マントやローブにボタンをつけたような、おくるみと大して変わらないものであった。

「それができたら……ああ、今度は奥様の服を仕立てようかしら。あれだけ布があれば、立派なものが作れますわ」

「サイズが合うかわからんけど、お袋の部屋にある服を仕立て直してもいいぜ。一から作るよりかは楽だろ」

「え……いいんですか？　今でも取ってあるってことは、大事なものなんじゃ……」

「大事じゃないってわけじゃないけど、そこまで思い入れはないよ。単純に、遺品整理が面倒くさくてそのままになってただけだ。服のほうも、お袋のほうだって……箪笥《たんす》の肥やしにされるよりかは、奥様やミルカさんたちに着てもらったほうが喜んでくれるよ」

「……ありがとうございます」

針をちくちく動かしながら、ミルカはゆったりと笑う。その姿を見て、イズミは「ミルカさんだと仕立て直さないと入らないだろうな」……などと、言葉に出さなくても大変失礼なことを考えた。

「そういやさ」

「はいはい、なんでしょう？」

「ミルカさんは炊事や洗濯……色々しているのを知ってるんだけど、奥様たちは何やってるんだ？ さすがにいくらなんでも暇過ぎるだろう？」

ふと浮かんだ疑問。それは同じように暇を持て余しているであろう二人についてのことだ。

奥様もペトラも、ガブラの古塔に囚われていたせいでかなりの衰弱があった。が、イズミと違い魔法の効きが良く、物理的外傷もない。栄養失調的な側面があり全力の運動こそできないものの、普通の日常生活を営むくらいはできる……と言うか、ミルカによるNGが入っていない。

「ペトラは軽く柔軟運動をしたり、シャマランの面倒を見たりしていますよ。後は……鉈の手入れとか。プロテクターを磨いたり、魔除けのマントを干したりもしていましたっけ」

「ふむふむ」

「奥様は専らテオの面倒を見ています。ようやく再会できたわけですし、愛おしくて仕方がないのでしょう。元より、赤ちゃんから目を離すわけにはいきませんからね」

「ほほぉ……」

「後は……二人とも、自主的に私の家事を手伝ってくれたりとか。ほかには……テオがお昼寝している時に、こっちの道具や設備の使い方を説明したりって感じですかね」

「ああ、そういやそこんところどうなんだ？　わかんないところとかあったりする？」

「いえ、特には……なんというか、二人とも迂闊に物を触らないようにしているみたいで。必要最低限のものしか使いませんし、必要最低限のことしか聞いてきませんわ」

「……なるほど、なんとなくわかった」

ミルカがそうだったように、このなんてことない家の中も、異世界人から見ればすごく豪華で高級な内装のように思えてしまう。中にあるのは未知の魔道具で、すさまじく便利で信じられない効果を発揮する……すなわち、ものすごい高価なもののように見えてしまう。

だから、安物の扇風機一つとっても迂闊に触れない。もしも壊してしまったら直せるかどうかわからないし、そもそもどういう行為が壊すことに繋がるかまるで想像がつかないからだ。

この家にある以上、どうせ翌日になれば元通りになる。イズミとしてはそれがわかっているし、事故で安物が少し壊れた程度で腹を立てるほど器が狭い人間じゃない。

とはいえ、客人である二人からしてみれば、まだろくに話せていない家主のものを、たとえ元に戻るのだとしても壊してしまうような真似は避けたい……というのが、率直な心持ちであった。

「ああ……早く元気になって、色々教えたいもんだぜ……」

「あら。それまたどうして？」

「二人が驚く顔を見てみたい。具体的には、初めて桃缶を食べた時のミルカさんみたいな」

「……んもう！」

針を動かすミルカの顔がほんのりと赤くなっている。

「後は……ああ、やっぱりテオと遊びたいな。抱っこして、おんぶして……あと、一緒に風呂にも入りたい」

「はいはい。元気になったら存分にやってくださいな」

「味の濃い脂っこいものも食べたいなァ……。病人食も美味しいんだが、どうにも味気ないと言うか……。久しぶりに好きなだけ酒も飲みたいし……あっ、一応聞くけど、奥様とペトラさんの……その、年齢っていくつだ？」

「……なんで、そんなことを？」

にわかにミルカの目つきが鋭くなる。そのまま針で刺殺されるようなイメージが、何故だかイズミの脳裏に浮かんでしまった。

「いや……どうせなら、酒盛りでもしたいなって。でも、未成年だと酒飲めないじゃん」

「……それでしたらご心配なく。こちらは未成年がお酒を飲むことを取り締まる法律はありませんよ。もっとも、年端もいかない子供が飲んだり飲んだくれるのは良い顔されませんが」

「あっ、そうなの？」

「ええ。水が貴重な地域では、ブドウ酒などは一般的な飲料ですからね。もちろん、私だってお酒の経験は少なくないです」

「………………お、おお」

「なんですか、今の間は？」

そういえば十七歳だったたっけ、とイズミはここに来てようやくその事実を思い出した。イズミの知っている十七歳と思えないほどミルカは落ち着いていて、精神的な意味でも肉体的な意味でも二十代後半くらいと思える貫禄を放っているのだ。

「………なぁ、ミルカさん」

「なんでしょう？」

何度目かわからない問いかけ。それでも律義に答えるのは、ミルカの性格か、それともただ単にミルカも暇だったのか。その理由は、誰にもわからない。

「やっぱりちょっとだけ……起きちゃダメ？」

「………」

「ほら、ずっと寝てばかりも気が滅入るって言うか、ある程度体も動かしておかないと治るものも治らないって言うか……」

「………」

「み、ミルカさーん……？」

重い沈黙。沈む空気。こりゃあタイミングをミスったか……と焦るイズミ。

意外なことに、ミルカが発したのは提案の言葉であった。

「ふむ……一理ありますね」

「おっ？」

「ただ、だからといってすんなり認めるわけにもいきません。なので、こうしましょう」

すい、とミルカは針と縫いかけのよだれかけを傍らに置いた。そして、スカートの皺を直してからイズミのベッドに腰掛ける。

「み、ミルカさん？」

「一人で、体を起こせますか？　それができたなら、少しの間に限り認めないこともないです」

そんなの簡単だ。立ち歩こうとしようとしている人間が、その程度できない筈がない。

思った以上に簡単な条件。おそらく万が一に備えてミルカはここに来たのだろう――と、イズミはそんな安直な考えの下、とうとうお許しが出たという浮かれた心のまま起き上がろう……として。

「――えいっ」

「うわっとぉ!?」

その瞬間、ミルカに肩をグイっと押されて、思いっきり押し倒された。

「ふ、ふふ……わかりますか？　今のイズミさんは、こんなか弱い乙女にすら抵抗できないほど弱っているのです」

イズミを押し倒したミルカ。こうして今も肩を押さえられているということはつまり、いつぞやと同じように、ミルカは倒れ込むようにしてイズミに抱き着いているような格好であるということにほかならない。

実際、イズミが抵抗しようと肩を上げようとするも、ミルカはそれをぎゅっと押さえ込む――要は、体ごと押し付けて防ごうとしている。イズミの首筋にはミルカの茶髪がかかってくすぐったいし、ついでになんかすごく甘い良い匂いがして正直気が気じゃない。何より、真っすぐ目の前にそのヘイゼルの瞳がある。吐息のかかる距離とは、よく言ったものであった。

――傍から見たらどんな風に見えるのか、この人わかってんのかな？

客観的に見れば、ミルカがイズミを押し倒して襲い掛かっているようにしか見えない。目的と理由が違うだけで、ポーズだけ見ればほとんど同じであった。

「そんな人に、立ち歩く許可なんて与えられる筈がないでしょう？　……良い子ですから、おとなしくねんねしてくださいな?」

からかうように……いや、実際からかっているのだろう。ミルカはイズミの耳元で、そんな言葉を甘く囁く。女の魅力をフルに使った、ミルカの渾身の一撃であった。

惜しむらくは、自分でやっててほんのり赤くなっているところだ。それさえなければ、イズミも平静を失って取り乱していたに違いない。

「それとも……独りで寝るのは寂しいですか? ふふ、テオみたいに添い寝をしてあげないとだめですか?」

「おう、それで頼む」

「きゃっ!?」

逆にミルカの肩を掴み、イズミはぐいっと引き倒した。押しのける力は残されてなくとも、引き込む力くらいは十分にあるし、そして重力という加勢もある。鍛えられているわけでもないミルカがそれに耐えられる筈もなく、ぽすんとイズミの横に体が納まった。

そのまま流れで、イズミはミルカの頭を抱き込む。もちろん、本気で押さえるわけじゃあなくて、抱き枕のように軽く抱きしめるような感じであった。

「むー!? むー!?」

「小賢《こざか》しい小娘が。大人をからかったらどうなるか、教えてやろう!」

「け、ケダモノぉ! うら若き乙女に、なんてことを!」

「なんだよ、添い寝でもなんでもしてくれる……って、この前約束してくれたじゃんか。それに、夜這い仕掛けてきた人にそれを言われたくはねえなァ」

「い、今それを持ち出します⁉　あなたって人は、ホントにデリカシーってものが……！」

「……とかなんとか言いつつ、ガチで嫌がられてなくて若干安心している俺がいる」

「……まぁ、私も本気じゃないですし、添い寝自体も嫌じゃありませんから」

「おっ？　割と脈あり……？」

「で・す・が！　デリカシーってものと、ムードってものを考えてくださいまし！　こんな、幼い娘に悪戯を仕掛けるパパのような真似して……！」

「……確かに、幼い娘って扱いは失礼だったな」

「……ちょっと、今すごく失礼なことを考えませんでしたか？」

「………………」

「なんとか言ってくださいよぉ！」

寝室に響く、そんな戯れの声。苦笑しながらぱたぱたもがくミルカと、それを緩く押さえながらケラケラ笑うイズミ。

たまにはこんなやり取りも悪くない。意外と時間つぶしにはなるし、こうして動いていれば疲れてお昼寝もできるかもしれない。そんなことを思いながら、イズミは腕の中にある温かいぬくもりを愛おしく抱きしめた。

「ねえ、ミルカ。ちょっと聞きたいことがあるのだけれど……あ」

「おい、さっきからなんかすごい音がしてないか……あ」

「「あ」」

いつの間にか開かれていたドア。入り口で立ち尽くす奥様とペトラ。二人の表情はぴしりと固まって、そして奥様のほうはじんわりと頬が赤くなっていた。その目線の先には、ベッドの上でイズミを押し倒した状態のミルカと、それを抱きとめているイズミがいる。

「あ……そ、その、ごめんなさいっ！」

「……まだ病み上がりなんだから、無茶はさせるなよ」

「ち、ちがいますよ!? 誤解、誤解ですからね!? イズミさんがふざけていただけで……！」

「押し倒したのはミルカさんのほうだけどな！」

「イズミさんっ！」

誤解を解くまで約十五分。その三倍の時間、イズミはミルカからの説教を受けることとなった。

◇

「ふふ……」

「染みたり、痛いところはございませんか？」

「ええ、大丈夫」

奥様の背中を優しくこすり、そして私はお湯をかけた。世にも不可思議なこのシャワーという道具は、何をどうやっているのか、魔法の気配も匂いもしないというのに、どこからともなくひたすらにお湯を運び続けてくれるという優れものだ。

少々狭い、この浴室にいるのは私と奥様の二人だけ。湯浴着《ゆあみぎ》も禊《みそぎ》の際に用いる行衣《ぎょうい》すら着ていない、文字通りの素っ裸。いくら同性同士とはいえ、こうも狭い空間に一糸纏わぬ姿で密着している

と、さすがに変な気分になってくるような、ならないような。

「ありがと、ペトラ。さ、次はあなたの番よ」

「いえ、お構いなく。それよりも、奥様は湯に浸かってください」

「……もう」

渋々といった態《てい》で、奥様はその小さな浴槽に浸かる。私が知っている……アレのお屋敷のバスタブはもっと大きくて豪華で、如何にも貴族然とした装飾にあふれているし、奥様の実家と言ってもいい神殿のそれは、質素だがとにかく広い……逆に言えば、禊のためにしか使わないので少々寂しい雰囲気がしなくもない。

だけど、ここの風呂桶は。小さくて、足でさえ満足に伸ばせそうにないのに。

「ふふ……あったかくて、気持ちいい……」

どうしてこんなにも、心地良さそうなのだろうか。

「たった二人で水浴び……湯あみなんて。こんなにもゆったりできたのは、初めてかも」

「それはそうでしょう。庶民の私からしてみても、毎回毎回あれだけの侍女に囲まれながら身を清めるというのは、却《かえ》って気疲れしそうだと常々思っておりましたとも」

「……なら、助けてくれたって良かったじゃない。それに私、いっつもミルカとペトラだけでいいって言っていたのに」

「そういうわけにもいかないということくらい、わかっておられたでしょうに……」

つまみをグイっとひねると、シャワーヘッドから勢いよくお湯が噴き出した。頭の上から柔らかなお湯が降り注ぐという、未だに新鮮なこの感覚。お湯を頭からひっかぶるというだけで貴重な得難い体験だというのに、この心地良い感覚をずっと楽しんでいてもいいとは。

「それにしても、このお風呂……ホントに良い匂い。柑橘《かんきつ》なのはわかるんだけど……なんだろう？」

ちゃぷちゃぷと奥様が湯船の中のお湯を掬《すく》う。私が頭から今なお被《かぶ》り続けているのは信じられない透明度のそれであるのに対し、湯船の中のものは黄色味がかった、ともすれば果汁をそのまま搾り出したかのような鮮やかな色合いをしているうえ、色味に違《たが》わぬ果物――柑橘の良い匂いがする。甘みの中にほんの少しの酸味の混じった、丸齧りしたら絶対に美味しいやつの匂いだ。ただ、それにしては妙にその甘い香りに違和感があるのと、そして果汁の割には肌がべたつかない。

香水のようなものなのか、それともそういう種類の果物を使っているのか。いずれにせよ、私たちの知り得ない何かが使われていることは間違いない。大量のお湯を用意するだけでも贅沢《ぜいたく》だというのに、そこに色や香りをつけられるほどの果物を使うなんて。金持ちでさえ思いつかない発想だ。

「ミルカが言っていましたよ。今日は奮発して、柚湯《ゆずゆ》……イズミ殿のとっておきにすると」

「……イズミ様、か」

「……奥様？」

声のトーンが少し変わった。ゆっくりとつまみをひねり、今度はお湯を止める。あれだけ勢いよく噴き出ていたそれは、まるでそれが当然だと言わんばかりにその勢いを止めた。

「ねえ、ペトラ」

「なんでしょう？」

「……私、夢を見ているのかなあ？」

「……」

「気付いてる？　イズミ様が目覚めて三日くらい……お世話になり出してまだ十日も経っていないのに、私もペトラも、びっくりするほどお肌が綺麗になってる」

　確かに、言われるまでもなくその通りだ。この性分ゆえ、年頃の女が気にするような化粧や美容のことなんてとんと気にしたことがなかったし、護衛に必要なのは華やかさではなく実力だと割り切っていたからこそ、必要最低限のそれくらいしか今まで気にしたことがなかったが……。

　そんな私でさえ、思わず「おっ？」となってしまうほど、今の私の肌の調子は良い。つやつやで、つるつるで、ずっと撫《な》でていたくなるような……そんな、きめ細やかな肌になっている。

　元来がさつで大して気にしていなかった私でさえこうなのだ。元々美しかった奥様ときたらもう、同性の私が見てもまぶしくてドキドキするくらいに肌が輝いている。

「それだけじゃないわ。髪だってこんなにつやつや。くすみもないし、枝毛だってない。自分で自分の髪の毛をずっと触っていたいだなんて、初めて思ったもの」

「なるほど、確かに」

「――少し前まで、生きるか死ぬかの瀬戸際だったのに。髪も肌もボロボロで、見れたものじゃなかったのに。頬もこけて、汗と垢《あか》と泥まみれで、体中から変な臭いがぷんぷんして……」

「……」

「なのに今はこんなにも綺麗で、体から良い匂いがして、清潔で……水に困ることも、ご飯に困ることもない。ただただ安心できて、あったかいベッドでゆっくり眠れる」

「……」

「言葉にできない優しさにあふれる人に、守ってもらえる。もう怖いものはないんだ、安心して良いんだ――って、お父さんやお母さんに抱きしめられているみたいに、安心して笑っていられる」

「……」

「ねえ、ペトラ」

「……なんでしょう？」

「私、夢を見ているのかなあ？　実は今もあの暗くて怖い塔の部屋の中で、最期の瞬間に……都合の良い夢を見ているだけなのかなあ？　本当は、私もあなたもボロボロで……もうすぐ私は、死んじゃうのかなあ？　イズミ様なんて都合の良い人、いないのかなあ？」

「奥様……」

奥様は、嬉しそうにも悲しそうにも見える顔で笑っている。目元が濡《ぬ》れているのは、決してここが風呂場であるからではない。

「ごめん、ごめんね、ペトラ……。自分でも変なこと言ってるって、わかってる……。でも」

「……」

「でも、信じられないの！　あんなにも悲しくて苦しい思いをしたのに、今こうして安心できていることが！　扉の向こうではテオがぐっすり幸せそうに眠っていて、ミルカがその隣でお裁縫をしていることが！　今こうして、あなたとおしゃべりできて……イズミ様に、救ってもらったことが！」

ああ、この人は――奥様は、心の底から弱っていたのだろう。どうして、他者の善意を素直に受け入れられないのだろう。今目の前にある筈の幸せを、噛み締めることができないのだろう。

嘆かわしいと言うよりかは、悲しくて寂しい。少し前の奥様なら、もっと笑って……今この状況を、楽しめていたというのに。

奥様をこうも悲観的にしてしまった原因に憤りそうになる。奥様が人を信じられなくなってしまったのは、間違いなくアレが原因だ。

「……奥様、失礼します」

少し前だったら、絶対こんなことはしなかっただろう。

私は、畏《おそ》れ多くも奥様の隣に……彼女と同じ浴槽へと浸かった。

「髪が綺麗になったのはシャンプーのおかげ。肌が艶やかになったのはこの不思議な液体の石鹸《せっけん》のおかげ。いいですか、夢みたいではありますが……しかし、決して不思議なことではありません」

がし、と肩を掴む。奥様の肩は、この暖かい場所の中だというのに少しばかり震えていた。

「わかりますか？　今まさに、目の前で都合の良過ぎることが起きているのです。私たちにはとても信じられない力を持った、とんでもなく誠実で優しい人間が、手を差し伸べてくれているのです」

「……」

「ならば、感謝の意を込めてその手を取るのが……世界は違えど、同じ人間としての在り方だと私は思います」

イズミ殿が賢者なのか、それとも本人の申告通り一般人なのか、それはこの際どうでもいい。重要なのは、彼がまったくの善意をもって私たちを助けてくれて、そして人間として真っ当な感性を備えた、好ましい人物だということだ。

「あれだけ暖かくふかふかで上等なベッド……イズミ殿は、薄汚れて森を彷徨っていた見ず知らずの小娘に、なんのためらいもなく明け渡したと聞きます。それが血や泥で汚れることを厭わずに、自身が床で寝起きすることを厭わずに……まさしく聖人君子と言っていいでしょう」

「そう、ね……」

「美味い水に美味いご飯。ここでは、それがほとんど無限に手に入ると言います。とはいえ、普通はそれすら惜しくなるのが人というもの。なのにイズミ殿は、なんの見返りもなくそれを振る舞い、ろくに動けぬミルカを介抱していたと聞きます」

「そうよ、ね……私たちもそうだけど、あの子だってテオを抱えてこの森をずっと彷徨っていたんだものね……」

「そうです。テオ坊ちゃんのこともあります。他人の赤子というだけで面倒事であるというのに、明らかにワケありなテオ坊ちゃんを、イズミ殿は見捨てずに世話をしてくれて……それどころか、むしろ自分から構ってほしいと言わんばかりに……！」

「ふ、ふふ……！　確かに、テオを抱っこできなくて拗《す》ねた顔、ちょっと意外なくらいに可愛かったな……！」

「いや、可愛くはなかったと思いますが……」

まぁ、感性なんて人それぞれだ。小さな男の子とかならともかく、さすがにあそこまで大きくなると可愛いなんて感想は私には抱けない。親しみやすい、という気持ちなら抱くことができたが。

「いいですか、奥様。優しくて誠実な人間に対して一番の礼になるのは、ああ、この人たちを助けて良かった……と、相手にそう思ってもらうことですよ。それは私たちが礼を失さず、前向きに生きていれば必ず達せられるものであり、イズミ殿が一番に望むものでもあるのです」

少々強引に、奥様の肩を抱く。どうせここは帰らずの森の中、異界の人間の不思議な家の中だ。

今くらい、友人として彼女を慰めてもいいだろう。

「ペト、ラ……」

「私もルフィアも、今ここにいる。これは決して夢なんかじゃない。このぬくもりが、力強さが……その証拠だよ」

きゅっと小さく抱きしめ返された。同時に囁かれたほんの小さな呟きは、私の耳にしか、届かない。

▲▽▲▽▲▽▲▽

ややあって、ようやく落ち着いたのだろうか。少し恥ずかしそうに目を伏せた奥様は、その恥じらいをごまかすかのように口を開いた。

「……これから、どうしよう？」

「どうしよう、とは？」

「えっと……その、ここではお勤めする必要もないじゃない？　いざ考えてみると、私って普段何していたのかなって……」

基本的に、奥様は水の巫女としての職務を全うすることに一日の大半を費やしていた。こうしてのんびり湯に浸かることなんてありえなかったし、何気なくおしゃべりを楽しむこと自体も少なかったように思える。

だが、この帰らずの森の中では水の巫女の仕事なんてできる筈がない。そもそも……水汲《く》みも薪拾いも、およそ雑用らしい雑用をする必要がないのだ。

「普通の人たちって、こういう時どうしているんだろう？」

「仕事のほかには家事や子育てではありますが……」

家事は全部ミルカがやる。というか、こちらからやろうとしてもミルカがそれを止めるだろう。あいつはそういうやつだ。

「でも、子育てって言っても……ずっとテオと遊んであげるだけで、いいのかなあ？」

「それが一番大事なんじゃないでしょうか」

あの様子じゃ、イズミ殿もテオに構いたがっている。まだそんなに長い時を過ごしたわけではないが、彼はなんというか……子供に甘く、色んな意味でテオに夢中になっている。そうなるともう、赤子の面倒を見るなんて面倒くさい……という世間一般的な男性のそれではなく、むしろ積極的にテオの相手をしたがるだろう。

すなわち、テオを巡って奥様と取り合いになる可能性がそれなりに強い……んじゃないだろうか。

「あとは、そうですね……普通におしゃべりでもして過ごせばいいじゃないですか。このお風呂然り、美味しい食べ物然り……目新しいものや不思議なものなんて、いくらでもあるでしょう？」

「そうね……正直な話、不思議過ぎて迂闊なことができないもんね……。どれもこれも異界のものみたいだし、下手な吟遊詩人の冒険譚《ぼうけんたん》を聞くよりも、ずっとずっと面白そう！」

「そうそう。それに、逆にこっちの国の話をイズミ殿は聞きたがるでしょうな。……案外、時間なんてあっという間かも」

「……楽しい想像ね！」

体が温まって、気分も良くなってきたのだろうか。先ほどまでと比べて明らかに、奥様の口数は増えている。

「ミルカは良い顔しないだろうけど、これを機に普通の生活にも挑戦したいなあ。お料理とか、お裁縫とか、お洗濯とか……」

「ふむ？　家事をしたいのですか？」

「うん。お世話になりっぱなしだし、それくらいのお手伝いはしたいなあって。あと、私だってテオのお母さんだもん。最低限のことすら自分でできない……って、テオに失望されたら嫌だし？」

「普通の人ができないことをできるのですから、別にいいと思いますけどね……」

さらに付け加えるならば、その最低限ができない人間は意外と少なくない。料理はとりあえず火を通して食べられるだけ、裁縫はとりあえず糸を通して繋げただけ……時には逆に穴だらけにしてしまうだけの人間がここにはいる。

「そう？　あとね、その……エプロン姿のミルカが、可愛かったなあって」

「ああ……」

そういえば、この家の厨房に立つミルカはいつも赤白チェックの綺麗なエプロンを着けていた気がする。イズミ殿の国特有のデザインなのか、こちらでは見ないデザインのものではあったが……なんというか、ミルカはそれにすごく着慣れていたっけ。

「なんというか、あいつだけすごくこの家に慣れていますよね。道具だって使いこなしていますし、衣服だって違和感がない。現地の娘だと言われても、信じることができるくらいに」

「そうよね？　お湯を沸かしながら電子レンジを使いつつ、ガスコンロでお料理して……」

「よくわからないジャラジャラした金具で洗濯物を干したり、奇妙に唸る壺《つぼ》……掃除機を使って掃除をしたり」

「……あの子、私の知ってるミルカよね？　実はあの子も異界出身だったりしないよね？」

「ご心配なく。あいつはよくある農村の大家族の……ええと、次女だったような。私と同じく花の蜜がご馳走で、食事の時は兄弟で飯を取り合っていたような、どこにでもいる人間の一人ですよ」

「あら。長女じゃなかったっけ……」

　あいつがあんなにも違和感なくこの家に溶け込めているのは、いったいなぜか。単純に私たちよりも長い時間この家に厄介になっているからか。それとも、あるいは。

「……妙に色気付いている気がしなくもないような」

　対外的な愛想は良いが、基本的にあいつは身内以外には冷たかったような気がする。笑っているように見えて、目だけは笑っていなくって……上辺を取り繕うことに長《た》けていたやつだ。

　そんなあいつが、イズミ殿相手だと……なーんか、ちょっと違うように見えるんだよな。

「ミルカの着ているお洋服、可愛かったなあって。私が借りているのも可愛いんだけど……なんかこう、もっと可愛いのがある気がする」

「なるほど、確かに。イズミ殿は男性ゆえにそういったものには興味ないようですが、異界の技術は明らかに進んでいます。質が良く、デザインも良い衣服があってもおかしくありません」

「でしょう？　あと、シャンプーや石鹸だってこんなに上等なのだから……きっと、お化粧道具もすごいと思うの」

「……化粧道具を眺めるの、好きですもんね」

「いいじゃない、もう」

ぷくっと奥様は膨れるが、別にダメだと言ったつもりはない。奥様の数少ない趣味で、そしてあくまで眺めるだけ――買えたとしても使う機会なんてほとんどなかったのだから。

どんな女も化粧道具の一つくらいは持っている。農村の娘でも母から受け継いだそれがある。たとえどんなにボロボロであろうとも、大切に受け継がれたそれを使っておめかしする。

でも、奥様はそれすらしたことがない。儀式《ぎしき》で魔術的な化粧をすることはあっても、おシャレでやったことなんてほとんどないんじゃなかろうか。

だから憧《あこが》れるくらいは別にいい……せめてそれくらいは、させてあげたいというのが私の本音だ。

「興味なさそうにしているけど、ペトラも少しは身なりに気を使ってよ？　女だけなら適当でもいいけど、殿方の前で……それも、命の恩人の前でだらしない姿は見せられないから」

「む……確かに。この際ですし、私もミルカに倣《なら》ってちょっと色気付いてみましょうか」

「色気付く必要はないと思うけど……」

「何、殿方というのは周りに着飾った婦女がいるだけで喜ぶものですよ」

奥様なら着飾らなくても、黙っているだけで喜ぶやつが大半だろうけど。逆に私は、女に飢《う》えた傭兵団でもなければ女扱いされないような気がする。

「……ねえ、ペトラ？」

「なんでしょう？」

「私《ママ》が綺麗になったら、テオは喜ぶかなあ？」

「もちろん。テオ坊ちゃんだって、立派な男の子ですからね」

――いつの間にか、奥様の顔には柔らかな笑顔が広がっていた。

6　新たなる日常　-Livelihood-

「そろそろ、いいよな……？」

「……まぁ、いいでしょう」

意識が戻ってから、はや一週間……いいや、ようやく一週間。区切りとしてはちょうどよかろう、いい加減マジに耐えられなくなってきたぞ――なんて思っていたイズミは、ベッドの上での朝餉を済ませた後に、ごちそうさまの挨拶《あいさつ》すら忘れてミルカに問いかけた。

「食欲も十分、一人で立ち歩くことも問題ない……顔色も良い感じ」

「だろう？」

「体力もだいぶ戻ってきたように思います……もう、私が押してもびくともしませんね」

えい、とミルカがイズミを押しても、イズミは倒れることなくベッドで体勢を維持できる。元より十七歳の小娘が軽く小突いたところで、体格で勝るイズミがどうにかされる筈もない。むしろ遠慮なく胸を押してくるその感覚がなんかくすぐったくって、もうちょっとだけそれを味わいたい気分ですらあった。

「では……本日より、普通の生活を許可することといたしましょう」

「よっしゃあッ！」

「ただし！　病み上がりなのは間違いないですからね！　常識的な範囲を心掛けるように！」

「うっす！」

お目付け役の許可が出たことで、イズミはウキウキとした様子を隠すこともなくベッドを降りた。凝り固まった体をうーん、と伸ばし、肩をぐるぐると回してその調子を確かめる。さすがに二十代前半、肉体の最盛期ほどのしなやかさは失われているが、純粋な筋力だけならあの頃よりもずいぶんと増えたな……と、そう実感することができた。

「それで……本日はどうされますか？」

「テオと遊ぶ」

「……それは構いませんが、ちょっぴりでいいので奥様の心情を慮《おもんぱか》ってあげてくださいね？　あと、きちんとお着替えを……」

「わかってるって！」

「……楽しみなのはわかりますが、レディの前で着替え出すのはどうかと」

「なんだよ、別に初めて見るわけでもあるまいに」

「そうですけど、そうですけどぉ……！」

ほんのりと頬を赤らめて、そそくさとミルカは退散する。既に上裸になっていたイズミは、丁寧に畳まれた洗濯物の山の中から適当にシャツを一枚引っ張り出した。下にはくズボンは部屋着としてこれ以上になく頼りになる存在であるスウェットで、全身はどこからどう見ても休みの日を部屋の中で満喫するおっさんスタイルである。

「あら、イズミ様！」

「ようやくミルカの許可が出たんだな」

着替えを済ませて隣の部屋に行けば、そこでは奥様、ペトラがソファに座ってのんびりと過ごしていた。朝食の後の余韻を楽しんでいるのだろう。机の上にはパックの紅茶——パックのそれとしてはかなりお高いらしいもらいもの——が入ったカップがあり、そこから白い湯気が立ち上っている。

「うー！　うー！」

「よぉ、テオ……！　なんだお前、ちょっと丸くなったか？」

そして、奥様の膝の上にはテオがいる。お手製のおくるみに身を包み、母に抱かれてすっかりご満悦らしい。手足をぱたぱた、指をぐーぱーと動かしていて、今日も元気いっぱいであった。

そんなテオは、明るく笑いかけたイズミに向かって、赤ん坊特有の……思わずこっちが釣られてしまうほどに、キラキラした顔でにこーっと笑った。

「ああもうこの野郎、こっちが退屈で退屈で大変だったのによぉ……！」

「う！　まう！」

堪らないといった様子で、イズミはテオの温かく柔らかな手のひらをこしょこしょとくすぐる。構ってもらって嬉しいのか、テオはイズミのじょりじょりの無精髭を触ろうと、奥様の膝の上から必死で手を伸ばしていた。

「うふふ、テオったら……久しぶりにイズミ様に遊んでもらえて、嬉しいのかな」

「そうだと嬉しいけど……お前、ママにしっかり甘えられたかぁ？」

「だーう！」

奥様の腕の中で、テオはきゃっきゃと笑う。その顔は、かつて（ほぼ）イズミと二人きりで過ごしていた時のそれとは明らかに違う。やはり、なんだかんだ言っても母親に抱っこされるのが何よりも嬉しいのだろう。こればっかりは、イズミにはどうしたって叶《かな》えてあげられないことだった。

「……その、ところで」

「うふふ、イズミ様ったら……ええ、抱っこしてあげてくれますか？」

イズミの羨ましそうな視線を感じた奥様は、にっこりと笑って愛する息子をイズミに受け渡した。

「うー！」

「よーしよしよしよし……！」

やはり、テオの体は確かに重くなっている。赤ん坊の成長は早いとは聞くが、以前抱っこした時よりも明らかに体全体にずっしりくる感じがするほどに、テオは立派に育っていた。相変わらず体はぷにぷにと柔らかくて温かく、そして赤ん坊特有の薄いミルクのような甘い匂いがして、イズミは思わずテオに頰ずりしたくなる衝動に駆られた。

「だーう！　だーう！」

「こら、暴れるなっての」

くすぐったそうに身をよじるテオを高く持ち上げ、イズミは嬉しくて堪らないとばかりににっこりと笑った。じょりじょりした感覚が好きなのか、テオは執拗にイズミの顎をぺちぺちと叩いたり、持ち上げられた時にも足でぱたぱたと叩いてくるが、イズミにとってはそれすら愛おしかった。

「本当に、イズミ殿は楽しそうにテオ坊ちゃんと戯れるな」

「ええ……まるで、本当の自分の子供みたいに」

「そうかぁ？　誰だって赤ん坊を前にすれば、大なり小なりこういう気分になると思うけど。俺の場合、たまたまそれに応える術を知っていて、テオとは相性が良かったってだけだと思うが」

「んー……どうだろうな？　他人の子供なんて煩わしくて困ると公言するやつもいれば、自身の子供でも一人にそんなに付きっきりにならない親もいる」

「……私の場合、勤めを果たすためにどうしたってミルカに預けざるを得ませんでしたし」

「あー……まぁ、そういうこともあるさ」

トン、と膝のクッションを使ってイズミはテオを抱き直す。一番最初はずいぶんぎこちなかった抱っこも、今や熟練の域に達していた。

「奥様、ペトラさん……ここでの暮らしはどうだ？　不便があったり、わからないことはないか？」

改めて、イズミはそれを二人に問い質した。正直なところ、自分にとってはただ気の向くままにぐうたらできるし、ミルカにしてもこの生活はそれなりに慣れているだろうが、明らかに異界の異なる生活様式にさらされた二人にとってはどうなんだろうな……というのが気にかかったのだ。

「いえいえ。毎日美味しいご飯に温かいお風呂……寝床まで用意してもらっているのに、不便なんて感じる筈がありませんわ」

「うむ。聞けば、私たちが借りているのは……その、イズミ殿のお母様の部屋だというではないか。それだけ良くしてもらっているのに、不満なんて言ったら罰が当たるよ」

現在、奥様とペトラが寝起きしているのはイズミの母親の部屋だ。そこに客用の布団を敷いて、寝室としているのである。

以前ミルカがそうだったように、本来ならこの国ではベッドで寝るのが当たり前で、間違ってもお客様を床で寝かせるなんてあってはならないことではある。しかし、ペトラ自身は床であろうと上等な寝床であることに十分に感謝していたし、奥様も同様……それどころか、今までに見聞きしたことのないスタイルに軽く好奇心を刺激されていたがゆえに、まるで問題となっていなかった。

ちなみに、ミルカとテオはこのリビングにて、かつてイズミがそうしたように布団やクッションを持ち寄って寝ている。単純に、夜中にテオが粗相をした時の被害と対処の関係、及び臥せっていたイズミや奥様に何かあった時にすぐ動けるように、利便性の高いそこを選んだというだけだ。

「後は……そうだな、昼間にシャマランの面倒を見て……そろそろ、軽く体を動かして勘を取り戻したいなとは思っている。この生活は悪くないが、体を鍛えるのは別問題だからな」

「ああ……そっか、ペトラさんは護衛だもんな」

「それに関連して……できれば、その、鉈でも草刈り鎌でも……何かしらの武器が欲しい。もちろん、イズミ殿の許可なく触ることは絶対にしないと誓おう」

「それは構わないよ。よくわからんけど、家主《おれ》にとって危険な存在はこの中にいられないらしいし。それに、万が一魔物が近くにやってきた時のことを考えると、俺としてもペトラさんのことを頼りにしたいと思っている」

「……ありがとう」

「ミルカさんの許可が出たら、その辺教えるつもりだ。ペトラさんが想像するような武器はないけど、その代わりに素人の俺がこの森の魔物とやりあえる程度には、すっごいのが揃《そろ》ってるぜ？」

具体的には高枝切狭《たかえだきりばさみ》にクマよけスプレー、さらには虎の子のチェーンソーである。チェーンソーに比べていくらか威力は劣るものの、その分リーチに優れた電動草刈り鎌だってある。使い方さえ覚えてしまえば、非常に強力な武器になるのは目に見えていた。

「あと、食べ物とか飲み物とかはマジで心配しなくていいから。もうわかっているだろうけど、翌朝には全部元通りだ。好きなモンを好きなだけ、好きなように食べてもらって構わない」

「お気持ちはありがたいのですが……その、本当に？」

「ああ。逆に遠慮されるほうが困る。気になることや使ってみたいもの、知りたいものがあるなら遠慮なくバンバン聞いてほしい。こういう言い方はずるいかもしれないけど、ここでは俺がルールだ。俺が良いって言ってるんだから、自分の家のように寛《くつろ》いでほしい……というのが、俺の本音かな」

イズミの頭の中に、いつぞやのミルカのことが思い浮かぶ。さすがに追い詰められてどうしようもなかったミルカと違い、この二人にそんな切羽詰まったような背景があるとは考えにくいが、それでもイズミは、ここのところだけは念を押しておきたかったのだ。

「んーま！　んーま！」

「な？　テオだってこう言ってる。だから二人とも、おとなしく俺の言うことに従ってもらおうか！」

「うふふ……それでは、イズミさんがまるで悪役のようですよ」

「そりゃあ……きちんと言っておかないと、誰かさんみたいに拗らせちゃうかもしれないし……」

「んもう！　しつこいですってば！」

台所の方からミルカがやってきた。どうやら朝食の片付け……食器洗いが終わったらしい。着用していたエプロンを外していつものところにひっかけており、そしてその片手にはイズミが愛用しているカップと最近ミルカが使い出したコップを載せたお盆があった。

「う！　う！」

「ごめんね。これはテオにはまだ早いから……」

お盆の上のカップに手を伸ばしたテオに、ミルカは軽く言い聞かせる。中に入っていたのは、最近のミルカのお気に入りとなった冷たいカフェオレであった。子供でも飲みやすいくらいに甘さはしっかりあるものだが、しかし赤ん坊の体に良いものかどうかについては、話は別である。

「ふむ、気になることか……改めて考えてみると、その、ちょっと悩みが」

ペトラの眉間に、ほんの少しの皺が寄る。それは、怒っている時につくものではなく、むしろ悲しんでいたり、しょぼくれていたりする時につくものであった。

「……それは、俺が聞いていいやつ？」

「むしろ、イズミ殿のおかげではっきりしたやつだな」

家主がそう宣言したことだし、ここらではっきりさせておこう……と、意を決したようにペトラは話し出した。

「その……どうやら私は、テオ坊ちゃんにあまり好かれていないようなのだ」

「えっ？」

びっくりしたように、イズミは腕の中のテオを見る。

目が合ったテオは、たったそれだけが嬉しかったのだろう。本日何度目かもわからない、にこーっとした笑みを浮かべた。

「こいつが？　なんか全然、想像できないんだけど……」

「……イズミ殿、テオ坊ちゃんをミルカに預けてくれるか？」

言われるがままに、イズミはミルカへとテオを受け渡す。

「あら」

「うー！」

ミルカの胸にぽふんと顔を埋めたテオは、辺りが輝いて見えるほどに、にこーっと極上の笑みを浮かべた。

「……次は奥様だ」

「まっ」

「だー！」

　奥様の胸に抱き着いたテオは、嬉しくて嬉しくてたまらないとばかりに、ぱあっと満開の笑みを浮かべた。

「……で、次は私だ」

「……うきゅ」

　その変化はあまりにも顕著だった。ペトラに抱っこされたテオは、いつもの明るい笑顔はどこへやら、はっきり見てわかるほどのしかめっ面を浮かべている。眉間にはきっちりと皺が寄っていて、目元は不満たらたらだ。例えるなら、以前梅干しを欲しがって食べた時のような……赤ん坊にしておくにはもったいないくらいの、シブい顔をしていた。

「……な？」

「お、おう……」

　さすがのこれには、イズミも閉口せざるを得なかった。

「最初は単純に、その……胸だと思ってたんだよ。奥様は例外として、テオ坊ちゃんはほかの誰に抱かれた時よりも、ミルカに抱かれた時に笑っていたから」

「あの、それを本人の前で言います……？」

　敢えてイズミは何も言わないが、この中ではミルカが飛びぬけて大きい。普通にグラビアアイドルでもやっていけそうなほどにスタイルが良く、その柔らかさはイズミ自身も色々あって知っている。普段は給仕服なんかでなるべく目立たせないようにしているらしいが、それでなお目立っているし、こっちの衣服だと余計にそれが顕著だったりする。

と言うか、イズミの母の衣服――遺品であるそれを、奥様やペトラは普通に着ることができたが、ミルカは一部しか着ることができなかった。つまりはそういうことである。

そして、ペトラはとてもスレンダーだ。鍛え上げられた体ゆえに、きっとそこもそれなりに硬いのだろうとイズミは勝手にそう推測している。

テオだって男の子だ。抱っこされるのなら、大きくて柔らかいほうが嬉しいのだろう。同じ男であるイズミがそう思うのだから間違いない。

「でも、おそらく私よりも硬い……というか、ないイズミ殿に抱っこされたときも、テオ坊ちゃんはミルカに抱かれた時ほどではないとはいえ、良い顔して笑うんだ……」

「……そ、そうね」

「……それが理由でないなら、もう」

言われてみればイズミは一度も……いや、ガブラの古塔での決戦の時くらいしか、ペトラがテオを抱っこしている姿を見たことがなかった。それは単純に物理的な機会がなかったためと思えなくもないが、しかしイズミがそうだったように、テオを慕う人は誰だってテオを抱っこしようとする。

ミルカも、奥様も、一番最初にしようとしたのがそれだ。ペトラがテオを慕っているのは、こうして今この場にいるということそのものが証明しているが、その筈のペトラが一度もテオを抱っこしようとする姿を見せていないことは、普通に考えてみればちょっとありえないことであった。

「……嫌われるようなこと、した覚えはないんだけどな」

悲しそうに微笑みながら、ペトラはぎこちない動きでイズミにテオを受け渡す。

イズミの腕の中に戻ったテオはイズミを見上げ、やっぱりにこーっといい顔で笑った。

「い、いやいや……いくらなんでも、そんな馬鹿なことあるか……？」

「……なんなら、胸に詰め物でもして抱いて見せようか？」

ちょうど、ここには都合の良いクッションがいくらでもあるしな……と、ペトラはふらふらとした様子でソファに無造作に置かれているクッションに手を伸ばす。

そんな姿があまりに不憫《ふびん》と思ったのか、ミルカがその腕をぺしりと叩き落とした。

「うーん……こいつ、割と誰にでも懐くタイプだと思うんだが……む？」

ここでふと、イズミは思いつく。

「時にペトラさん……赤ん坊を抱いたこととか、近所の子供の面倒を見たことってある？」

「……ほとんどないな」

「それじゃね？　さっきも見てて思ったんだけど……ペトラさんは、動きがぎこちないんだよ」

「ぎこちないって……だって、万が一があったら困るし……」

「そりゃあ、そうだけど……そのせいでたぶん、体がガッチガチになってるんだよ。……本来なら、赤ん坊には決まった抱き方ってものがあるんだぜ？」

「え……そうなの？」

あの雨の夜の後。テオがお昼寝している時間を見計らって、イズミは必死になってその辺を調べたのだ。預かった子供に万が一があってはならないし、そもそもイズミには子育て経験も抱っこの経験もまるでない。だから、必死になって調べざるを得なかったのである。

「私は、下に妹たちがいましたし……普通に村の小さい子の面倒をよく見ていましたから。自然と覚えていたって感じですね」

「私は別に、意識したことなかったけど……せいぜい、ミルカの抱っこのやり方を真似したくらい？」

「それは私も同じ……の、つもりだったんだが」

「あー……たぶん、ペトラさんは力があり過ぎたんだよ。だから、正しくないやり方でも力押しでなんとかそれっぽくできてしまったんだ。だけど、奥様はペトラさんほど力はない。自分でも気付かないうちに、しっくりくるポジションを……抱くほうにとっても、抱かれるほうにとっても負担の少ない正しいスタイルに落ち着いたんじゃないかな」

「……確かに、最初は結構大変だったけど、そのうち気にならなくなってたかも」

抱かれ方というのは結構重要だ。これがちょっと変わるだけでぐずりだす赤ん坊なんて珍しくもない。お母さんに抱っこされている時は眠ってくれるのに、お父さんに代わった瞬間にギャン泣きする……だなんてエピソードは、口コミはもちろん、ネットを漁ればいくらでも出てくる。

「じゃあ、なんだ……私、嫌われていたんじゃなくて」

「抱っこのやり方が下手くそだったってだけですね」

「……するか、練習。ちょうどここには、便利なパソコンってものがあるし」

「……よろしくお願いいたします」

▲▽▲▽▲▽▲▽

イズミの部屋。パソコンを立ち上げ、抱っこの練習動画を漁ること三十分。

「……んま！」

「あっ……！」

この日、初めて。テオはペトラの腕の中で、イズミに抱っこされた時よりも嬉しそうな、蕩けるような笑みを浮かべた。

「わ、笑った……！　テオ坊ちゃまが、私の抱っこで笑ってくれた……！」

「ええ、ええ……！　よかったわね、ペトラ……！」

「この調子で、感覚を忘れないうちに体に叩き込んでおきましょう！」

「うむ！」

三人に代わる代わるに抱っこされ、テオはにこにこと上機嫌。疲れ果てて眠ってしまった後も、その笑みが顔から消えることはなかった。

「……どうしました、イズミさん？」

「いや……ホント、幸せそうに寝ているなと思ってさ」

――気持ちは大いにわかるけど、やっぱお前も男の子なんだなァ……。

イズミのプライドがほんの少し傷つけられたのは、本人だけの秘密である。

◇

「むー……」

「……」

よく晴れたある日の午後。みんなの憩いの場所であるリビングにて、エプロン姿のミルカがうんうんと頭を悩ませていた。

奥様とテオは二人でお昼寝しており、ペトラは外で軽く素振りをしている。必然的にイズミの話し相手はミルカしかおらず、そしてそれ以外に今のイズミにやることなんてない。

これは俺が話しかけてもいいやつなのだろうか……と思いつつ、イズミはミルカに声をかけた。

「どうした、そんなあからさまに」

「いえ……ちょっと、思い悩むところがありまして」

素直に打ち明けたということは、実はそれほどシリアスな悩みでもないのだろう。まずはそのことにホッとしながら、イズミは続きを促した。

「その……そろそろ、夕飯のレパートリーが」

基本的に、この家の家事はその大半をミルカが請け負っている。掃除、洗濯、お裁縫はもちろん……毎日三回確実に行われる炊事だってミルカのお仕事だ。

別段、イズミ自身がそれを命じたわけじゃない。ただ単に、タダ飯食らいになってはなるまい、せめてこれくらいはしないと恩を返せないとミルカが率先してやっていることである。

「今まで気にしたこともなかったけど。そんなに困るほど少ないわけじゃないだろ？」

「……しかし、そろそろ目新しさは感じなくなってきているのでは？」

「……そりゃ、まあ」

いくら冷蔵庫や家の中にある食材を好きに使っていいとはいえ、種類そのものは限られている。しかも、用意されているそれは日本の食材だ。ミルカ自身、自身の知識と合わせてなるべく上手く使いこなせるように努力はしているものの、それだって限度がある。最初の頃は見たことのない異国風の料理に驚いていたイズミも、最近は特に何も感じなくなった……というのは紛れもない事実であった。

「イズミさんの国ではどうなのかはわかりませんが、こっちの国では基本的に焼く、煮る、茹《ゆ》でる……がほとんどです。食事処《どころ》に行けば揚げたものも食べられますが、凝った料理ともなると」

「おのずと限られてくる……ましてや、見慣れぬ食材ばかりだと培った知識も十全に発揮できない、ってか」

ミルカが気にしているのは、そこだけじゃない。

「その……以前、イズミさんがお料理されていたときは、もっと色んなものが色んな味付けで出てきていましたし……」

男の一人暮らしともなれば、いつか必ず料理に凝り出す時期がある。そして材料は好きに使ってよく、時間もいくらでもあって後先のことなんて考えなくていい。ここまで条件が揃えば、イズミがついつい凝った料理を作ってしまったことも不思議はない。と言うか、森の中での生活が暇過ぎてそれくらいしかやることがなかったともいう。

「俺も元々一人暮らしだったからな……料理もそれなりに覚えざるを得なかったんだ」

「へえ……男の人って、大雑把な料理しかできないと思っていましたが……」

「一人の時はそうだよ。大半の男は、できるけどやらないってのがほとんどじゃないかな」

だから、女の子の料理はそれだけで値千金の価値がある――と続けようとしたところで、イズミはふと思いついた。

「そうだ。お袋の部屋に古い料理本があった筈。あれならレパートリー不足も解消できるし、なんならこっちの料理の勉強にもなるんじゃないかな？」

「……実は、お料理の本があることは知っているんです。ご丁寧にも、お母様の自筆のメモ書きまで残されているという、大変素晴らしいものでありました」

「……まさか」

イズミの嫌な予感に応えるように、ミルカが儚く笑った。

「……読めなかったんですよね」

こうして会話ができているから忘れがちだが、イズミの話している言葉とミルカの話している言葉は違う。謎の翻訳能力が働いていることだけはわかっているが、残念なことにこの翻訳能力はあくまで対面した生の言葉にしか作用しないらしく、機械を通した音声では働かない。

そして今回、文字についても……読み書きについても効果はないということがはっきりとわかってしまった。

「一応、簡単なイラストがあったので……何をやっているのか、くらいは簡単にわかったつもりではありましたが……調理道具が出てくるとさっぱりです。そして、分量はまったくわかりません」

幸か不幸か、古い料理本ゆえにその大半がイラストで記されていたらしい。これなら文字の読めないミルカでもだいたいの作り方はわかるが、オーブンや電子レンジの細かい使い方ともなるともうお手上げだ。

「分量ばっかりはな……俺がこっちの文字を書ければ、全部翻訳して書き写すという手もあるが……使う時に俺が読み上げるのが一番現実的かな」

「嬉しいですけど、さすがにそれは……」

「……じゃあ、こういうのはどうだ？」

イズミは立ち上がり、ちょっとこっちへ……と自身の部屋へとミルカを招き入れる。

「ほら。そこ、座って」

「ええ？　これって……」

ちょっとお高めの、パソコン用の椅子。そこにミルカを座らせたイズミは、そのままパソコンのスイッチを入れて、自身は背もたれに腕を置いて楽な姿勢を取った。

ヴン、と特徴的な機械の駆動音がしてパソコンが立ち上がる。やはり何度見てもこの光景は珍しいのか、ミルカの視線は画面にくぎ付けとなっていた。

「この前も見せたよな？　これがマウスで、こいつを動かすと画面の中のこの矢印も動く……と」

「……あ、ホントだ」

「んで、このアイコン……この丸っこいのをダブルクリック」

「だぶるくりっく？」

「ええと……人さし指のボタンを素早く二回押す」

「ぼ、ボタン？」

カチカチ、とミルカが行ったのは右クリックによるダブルクリックであった。ふとマウスを握ったその手を見てみれば、持ち方が明らかに本来のそれと異なっている。

「な、なんか変なのが出てきましたけど……？」

「……ちょっと失礼」

「きゃっ！」

言葉で言うより体でわからせたほうが早かろうと、イズミはミルカの右手に自分の右手を重ねた。

「持ち方はこう。これがクリックで、こっちが右クリック。ダブルクリックはこうで……これがドラッグ。真ん中のこいつをコロコロすれば画面も動く……と」

「……そういうところですよ、ホント」

「役得ってことにしてくれよ……んで、こいつを開くっと」

カチカチ、カチカチ。途中で何度かキーボードによる入力を挟んで行きついたのは、世界で一番有名な動画サイトであった。

「あ、これは前にも見ましたね。テオの抱っこのやり方を調べる時に」

動画サイトのトップ画面では、スーツ姿の男性とロボットがコメディチックに漫談しているCMが流れている。どこからどう見てもよくあるどうでもいい広告に過ぎないが、それでもミルカにとっては見たことも、想像すらしたことのない不思議なものであることに違いはない。

「んじゃ、腰を抜かすなよ……っと」

「わぁ……！」

お料理、と検索をかければそれだけで様々な料理の調理動画がヒットする。無難な家庭料理はもちろん、どこかの国のマイナーな料理まで。さすがに異世界の料理まで網羅しているわけではないが、ちょっとレパートリーを増やしたい分には十分過ぎるほどである。

「すごい……！　作っている光景が、こんなにもはっきりと……！」

「これならなんとなく分量もわかるだろ？　計量カップはどれも見た目は同じ感じだし」

「ええ、ええ……！　それ以前に、こんなにもはっきりと料理の光景が見られるなんて……！」

基本的に、こちらでは料理は親から子への口伝の形で伝わることがほとんどだ。普通の農村ではまずレシピ自体が存在しないため、必然的にそうならざるを得ない。そして、それ以外の料理ともなれば。

「普通は弟子入りでもしないとレシピは教えてもらえませんし……レシピを買えたとしても、果たしてそれが本当に合っているかどうかなんて……」

「そっか。さすがに文字やイラストだけじゃ限度があるもんな」

例えばそれなりに格式のある料理店の場合、レシピは門外不出となっている。その料理を作れるようになりたければ、その料理人に弟子入りしないといけない。高い金を払ってレシピを入手できたとしても、本当の意味でそれを再現できるかと言われると、なかなか難しいものがあるだろう。

でも、パソコンであれば。どんな材料を、どれくらい使って。どのようにすれば作れるのか――と、手順付きで、動画としてしっかり見ることができる。

「こ、これ、実は見るのにお金が必要だったりしませんよね……？」

「必要なのもないことはないけど、このくらいなら全部タダだよ」

仮に必要な動画であったとしても、既に日本円に対する執着は今のイズミにはない。預金口座もあってないようなものである。もしかするとパソコンで表示されている残高も、この家の不思議機能であるリセットの対象になっている可能性すらある。わかったところでなんの役にも立たないので調べていないだけだ。

「すごいですね……！　料理のやり方に、抱っこのやり方……！　それも、一つ二つじゃなくてこんなにもたくさん……！」

「調べられないことなんてほとんどないだろうな。わからないのなんて、金の稼ぎ方くらいだろ」

「まさしく賢者の箱ですね！」

「……悪魔の箱かもしれないぞ？　夢中になり過ぎて、戻ってこれなくなるやつもいたから」

「えっ」

「仕事の道具として使われていることがほとんどだし、見たくもないって人もいるんじゃないかな」

「……強大な力を持つがゆえ、ですかね」

カチカチ、カチカチとページを飛んでイズミとミルカは動画を探していく。カレーライス、ハンバーグ、グラタン……ミルカがすっかり満足する頃には、それなりに長い時間が経っていた。

「これでしばらくは大丈夫かな？」

「ええ！　後は……そうですね、お時間がある時でいいので、イズミさんの国の文字を教えてくださいまし。簡単でも覚えられれば、もっと色んなことが学べる筈……！」

「それは別にいいけど……結構難しいと思うぜ？　毎日きっちりやっても覚えられるかな……」

「ふふん。こう見えても才女で通っていましたから。すぐにマスターして見せますとも！」

「……言ったな？」

「えっ？」

——一つの国の言葉なのに三つも四つも言語があって、覚える文字もあんなにたくさんあるだなんて想像できるわけないじゃないですか。

最近イズミ殿と夜更かししていることが多いな……とペトラにからかわれたミルカは、後に疲れた顔でそう語ったという。

◇

お風呂はだいたい、夕飯の後にいただく……というのが、イズミの家のルールであった。

別に、そう大した理由があるわけではない。ご飯を食べておなかいっぱいになって、お風呂に入って体をさっぱりさせて、気持ちいい状態のまま寝床に入るというのが昔からの習慣だったってだけだ。

それは、この異世界に転移してきた後もだいたい変わらない。一人で暮らしていた時は好きな時間に風呂に入り、好きな時間にご飯を食べて、好きな時間に寝床に入っていたが、ミルカや奥様たちと共同生活を営むようになってからは、かつてのようにある程度きっちりした生活に戻ってきている。

「毎度のように思うのだが……」

リビングのソファにて、夕食後の余韻としてホットミルクを飲んでいたペトラがふと呟く。

「家主であるイズミ殿が一番風呂でなくてもよいのか？」

共同生活を営むうえで、問題となったのがその順番だ。この国にはそもそもとして各家庭に湯船があるわけではないが、それでも感覚として、ミルカもペトラも奥様も、沸いた直後の一番風呂は家主であるイズミに譲るべきだという認識を持っていた。きちんと体を綺麗にした後とはいえ、他人様が入った後の風呂を家主に使わせるなんてできないと考えていた。

一方でイズミとしては、もうおっさんと揶揄《やゆ》されてもおかしくない齢の自分が入った後の風呂を使うなど、年頃の娘にとってはあまり好ましいことではないだろう……と、そういう認識があった。

別段、この風呂だって水道代もガス代も謎の力によって賄われているため、それこそ一回一回沸かしなおすことはできる。しかしだからといって一瞬で沸かせるものではないし、そしてそんな真似をすれば、『お前と同じ風呂になんて浸かりたくない』と言外に言っているようなものである。

そんなの、ミルカたちが了承する筈もなかった。

「前にも言っただろ？　俺は別にそんなの気にしないし……先に奥様を済ませないと、テオの添い寝ができない。あいつに夜更かしさせるわけにはいかないから」

「……それは、まぁ、そうだが」

「後な……ペトラさんだからこの手の話題は問題ないと思うが」

「ふむ？」

「俺、ちょっと毛深いんだよな。程度問題だとは思うが、男は元々そういう生き物だ。つまり」

すね毛ほかその他もろもろが、どんなに気を付けても浴槽に残ってしまう。果たしてそれは、大人びているとはいえ十七歳――イズミの感覚で言えば女子高生であるミルカと、人妻とはいえ如何にも純情で清純派な水の巫女である奥様にとって、耐えられるものなのか。どんなに好意的に解釈しても、やっぱり色々無理があるだろ、というのがイズミの認識であった。

「……綺麗過ぎる水ってのも考えものだな」

「そっちではそういう問題、あったりしないのか？　ウチの方では、年頃の娘は父親が入った後の風呂に入りたくないって言うし、洗濯物は同じにしないで……なんてのは珍しくもないんだが」

「ないわけではないが、それどころでもないってのが実際のところかな？　田舎の農村では体を清める機会自体があんまりないし、流した水は泥だらけになるのが普通だから。湯船なんて上等なものはないが、もしあったとしたら……抜け毛なんて気にならないくらいに汚れてるだろう」

「う、わー……」

「奥様は水の巫女であられるから、体を清める機会は多かった。ミルカも奥様付きの侍女だから、それなりに体を清める機会は多い。だが、私のような護衛や兵士だったりすると、湯を沸かしてタオルで体をぬぐうのがせいぜい……いや、それくらいしかできないことが多い」

「あー……そりゃ、都合良く水浴びできるところがあるわけでもないもんな。水だって貴重品だし、大量のお湯を用意するのは難しいのか」

「そういうことだ。……これでも私は奥様付きだから、兵士の中では綺麗なほうなんだぞ」

ちなみに、今日のお風呂はミルカとテオと奥様、ペトラ、そしてイズミの順番である。三日に一回くらいあるイズミがテオと風呂に入るパターンでは、風呂自体の時間を早めにして対応していた。女性三人がどういう組み合わせで風呂に入るかは、その時の気分次第である。

「あと……」

「ん？」

「……いや、なんでもない」

お風呂の後に、必ずミルカは簡単とはいえ湯船の掃除をする。色々恥ずかしいと思っているのか、家主に対してのせめてもの誠意か。「抜け毛なんてするのは俺だけだよな」……なんて思っているのはイズミだけで、裏では見えない努力が必死に行われていることを、イズミは知らない。

「それよりも、だ」

「うん？」

「私だからこの手の話題は問題ない……と、先ほどイズミ殿は仰ったが」

「うん」

「……いったいどういう意味であろうか？　私だって、これでも乙女であるのだが？　返答によっては、決闘を申し込むのもやぶさかではないぞ？」

にこっと笑い、そしてペトラはわざとらしくファイティングポーズを取る。護衛をしていただけあって、その姿は結構サマになっていた。

「や、その……言葉の端々から体育会系の香りがしたというか。なんかこう、汗と根性の世界で生きてきたような印象を受けたというか」

「ま、実際その通りなんだけどな。見習い時代からもうずっと、兵舎なんて男ばかりしかいないから。あいつら平気で全裸になるし、女《わたし》がいようが平気で下品な話をするし。……街のおすすめの娼《しょう》館《かん》に、どこの娘がサービスが良かっただとか……そんな、知る必要のないことばかりに詳しくなってしまった。私はすっかりスれてしまったよ……」

「大変なんだなぁ、ペトラさんも」

「まったくだ。そして悲しいことに、案外こういう話題こそ互いに心が開けるというか、こういう場での会話によって友好や信頼が積み上がっていくんだよな」

「……本当に、大変だったんだなぁ」

「女扱いはしなくてもいいが、ちょっとくらいは夢見たいものだよ、うん」

立場や得意なことから鑑みても、三人で過ごしている時はペトラが男役のそれに近いことをしていたというのは容易に想像ができる。なら、せめてここにいる間くらいは、身も心も男である自分がその役を十全に果たして見せるべきだ……なんて、イズミがそんなことを思ったその瞬間。

「うわあああああん！　うわああああああん！」

「む？」

風呂場の方から、テオの大きな泣き声が響いてきた。

「なんだ、なんかあったのか？」

「ミルカも奥様もいるし、滅多なことは起きない筈だが……」

実際、テオが激しく泣いている以外は、取り立てて異常はない。大きな物音がするわけでもなければ、ミルカたちが助けを求めて声を上げているわけでもない。そもそもとしてここはイズミの家の中であるわけで、強盗や賊の類が万が一にも侵入できる筈がない。

「行こう。ペトラさんも」

「おう」

一応念のため、二人で連れ立ってイズミは風呂場——より正確に言えば脱衣所へと向かう。もちろん、その道程で怪しい人物を見かけたり、部屋が荒らされたり……なんてことはない。

「うわあああん！　うわああああああん！」

「ミルカさーん？　どうした、何かあったか？」

トントン、とイズミはその扉を叩く。叩いてから、セクハラで訴えられたりしないだろうかという考えが頭をよぎった。

「あっ⁉　イズミさん⁉」

「おう。なんかテオがすごい勢いで泣いてるから来たんだが……大丈夫か？」

「ちょ、ちょっと待ってくださいっ！　奥様、早くっ！」

「ま、待ってぇ……！」

どたばた、どたばた。

扉一枚隔てた向こうで、ミルカと奥様が何やら大慌てになっていることがわかる。ひとまず異常事態ではなさそうだということに安堵《あんど》し、そしてイズミは扉の向こうの光景をなるべく考えないようにした。

「お、お待たせしました……」

「うわあああん！　うわあああああん！」

「うう……テオ……！」

髪を乾かす暇もなかったのだろう。今まさに、ちょっぱやで服を着ました……とでも言わんばかりの出で立ちの二人がそこにいる。体からはまだ湯気が出ていて、濡れた髪はぴとりと首元に張り付いていて。上気した頬はもちろんとして、普段はしゃんとしている二人の妙に乱れたその姿に、イズミの心臓は年甲斐もなく跳ね上がりそうになった。

「……すみません。その、見苦しい姿をお見せしまして」

「いやいや、もう何度か見たことあるし、これも役得ってやつだから」

「……私を見てそう言う分には結構ですが、奥様に対しては……わかってますね？」

「それは、私だけを見ていてほしいっていうおねだりか？」

「ペトラっ！」

「おお、怖い怖い」

明らかに湯上がり以外の理由で赤くなったミルカは置いておくとして、問題は別のところだ。

「うわあああん！　うわあああああん！」

「盛大に泣いてるな、こりゃ」

ミルカの腕の中で、テオがこれでもかと言わんばかりに泣きじゃくっている。風呂から上がったばかりだからか、文字通り生まれたままの姿である全裸だ。パンツ一枚はいていなくて、所謂フルチンモロ出し状態である。それは、赤ん坊であるからこそ許される行いであった。

「なんでまた、こんなに泣いているんだ？」

「それが……わからないのです……！」

イズミの問いに答えたのは、奥様のほうだった。

「テオは、お風呂の時は普通だったのです……！　嬉しそうに笑って、私と水遊びまでしてくれて……！　でも、お風呂から上がって着替えようとしたら、いきなり泣き出して……！」

「おなかが空いたってわけではないでしょうし、おトイレってわけでもないですし……私もこんなの初めてで、何が何やら」

「……まさか、怪我や病気か？　もしかしたら、日中なんらかの怪我をして、それが今になって痛くなってきたのかもしれん。体を温めたせいで傷が開いた、なんてのも兵士の中ではよくある話だぞ」

「私も、それを疑ったけど……癒しの魔法を使っても、全然泣き止まなくて……！　病魔や怪我の類じゃないみたいなの……！」

だからこそ、ミルカも奥様も慌てているのだろう。泣いている理由はいつもと違っていて、そして怪我や病気をしているわけではない。こうなるともう、ミルカの知識と経験も、奥様の魔法という大きな武器も、まるで役には立たなくなってしまう。

「うわあああん！　うわあああん！」

「どれ、ミルカさん」

「あ、はい」

ミルカからテオを受け取り、イズミは大きく高い高いをする。体が健康であるのなら、後は気分の問題。となれば、とりあえず抱っこをしたりお気に入りの行動をしてあげれば、泣き止んでくれるのでは……と考えた結果だ。

「よーしよしよしよし……」

「……う？」

「お？」

そしてそれは、結構いい線をついていたらしい。

「きゃーっ！　きゃーっ！」

「……普通に泣き止んだな？」

「あ、あれ……？」

先ほどまでのギャン泣きが嘘であったかのように、テオはイズミの腕の中でケラケラと笑っている。その無邪気であどけない表情は、見ている者の心を浄化するほどに明るく尊いものであった。

「な、なんだったんでしょう……？」

「赤ん坊だからなァ。気分の移り変わりも激しいんだろうよ。……おいテオ、お前、あんまりわがまま言ってママやミルカさんを困らせるなよ？」

「うー？」

「良い子にする、だ。わかった？」

「……あい！」

「わかればよろしい」

なんだかすごくフクザツそうな表情をしている奥様を、イズミは気にしないことにした。

「それよか、このままじゃ風邪ひいちまう。このまま抱っこしておくから、着替えを……」

「え、ええ。お願いします」

イズミがテオの体を上手い具合に支え、その隙にミルカが着替え——手作りのおしめを着けようとテオの腰回りに手をかける。このまま くるりとそれを巻いて結んでしまえば、テオの着替えはほぼ終わりだ。後はタオルで作ったおくるみでフィニッシュである。

「……うわあああああん！」

「えっ!?」

ミルカがテオにおしめをはかせた瞬間、テオは再び盛大に泣き出した。

「そ、そんな……どうして？」

体に異常があるわけではない。そして、今はイズミに抱っこされているから機嫌もいい筈だ。そうなるともう、どうしてこうも激しく泣き出してしまうのか、ミルカには……いいや、奥様にもペトラにもその理由はわからなかった。

「……ミルカさん」

「は、はい……」

が、しかし。

「一回そのおしめ、取ってやってくれねえかなぁ」

イズミには……男であるイズミには、なんとなくその理由がわかってしまった。

「おしめを取る、ですか？」

「ああ。騙《だま》されたと思って……な？」

「は、はぁ……」

あからさまに訝《いぶか》しみながらも、ミルカは手慣れた手つきで素早くテオのおしめを外した。

まさに、その瞬間。

「うわあああ……んきゅ？」

「「えっ」」

あれだけ大泣きしていたテオが、嘘のように泣き止む。きょろきょろと辺りを見渡し、そして自身を抱いているイズミに気が付いて、上目遣いににこーっと笑った。

「な、なんで……？　まさか、おしめなの……？」

「おしめが気に食わなかったんだろうな。それ、確か今日できたばかりの新しいやつだろ？」

「え、ええ……。ずっとイズミさんのぱ……下着を使わせてもらうのも気が引けますし、ようやく完成したのでいい機会かなと」

信じられないとばかりにミルカが再びテオにおしめをはかせようとする。今度は体に触れられた瞬間にテオはギャン泣きし、抵抗と拒絶の意を示すべく全力で下半身をじたばたと暴れさせた。

「ウソでしょ……」

「嘘じゃないんだな、これが」

「だって、以前は普通におしめ着けてましたよ!?　それだって私の手作りで、しかもこっちのほうが肌触りも柔らかさも断然いいですからっ！」

「そうじゃない。そうじゃないんだよ、ミルカさん……」

イズミにはよくわかる。そして、これぱっかりは女であるミルカには一生かかってもわからないのだろうと、イズミはそう断言することができた。

「いったいどういうことです、イズミ様？」

「あー……」

奥様に問い詰められて、イズミは一瞬言葉に詰まる。助けを求めるようにペトラにアイコンタクトを送れば、何かを察したペトラは「これくらいなら大丈夫じゃないか」と視線で了承の意を示してきた……示してきたようにイズミには見えた。

「その、な？」

「はい」

「テオが今まではいていたのはトランクスっていうやつで、成人男性用のパンツの一種だ」

「え、ええ……それはなんとなく、存じております」

テオが普段着のズボン代わりにしているのは、イズミの愛用のパンツである。サイズがサイズだからズボンに見えるだけで、紛れもなくイズミの下着である。薄々そう感じていた奥様も、面と向かってはっきり言われたことで否応《いやおう》なくそれを意識してしまい、羞恥心から目を伏せ赤くなった。

——ホントにこの人、人妻なのかな。

そんなくだらないことを頭の隅に追いやりつつ、イズミは言葉を続けていく。

「この国がどうかは知らんが、俺の国には男の下着はほかにも種類がある。子供用にはブリーフってのがあるし、トランクスと人気を二分するボクサーパンツってのもある」

「……」

「そんな中で、なんで俺がトランクスを愛用しているかと言うとだな」

ごくり、と誰かの喉が鳴った。

「締め付けがなくて、開放的で動きやすいからだよ。……そのおしめがぴっちり締め付けてくるの、トランクスの良さを知ったテオにとってはたまらなくイヤだったんだろうなァ」

「うー！」

「……っ！」

イズミの言葉に赤くなったのは二人。その二人が誰なのかは、敢えて語るまでもないだろう。

「……」

ちら、と三人の視線がイズミが抱っこしているテオの下半身へと向かう。

足をじたばたしていたために、下半身はぶらぶらと揺れていた。つまり、そういうことである。

「つまり、なんだ、その……テオ坊ちゃんは、ち」

「ペトラっ‼」

ペトラの言葉を、ミルカがすごい剣幕で遮った。赤ん坊のそれなら、別に遮る必要もないんじゃないかとイズミは思ったが、教育方針に下手に口を出すのもまた憚られる。よその国にはよその国なりの文化と伝統があるのだから。

「……ま、締め付けのないおしめだったら大丈夫だろ。それに、今まで通り俺のパンツをそのままはかせてやってもいいわけだし」

「あの、そもそもおしめって締め付けがないと意味がないのでは……」

「……」

「それに、イズミさんのそれでは、粗相をする可能性が高いと言うか、被害が甚大になることが多いと言うか……」

　トランクスである。解放感ゆえに色々ガバガバである。はき心地は最高かもしれないが、おしめとしての性能は最悪だ。実際、今までに何度もそれによる被害を被っており、その都度処理していたミルカが申し訳なく思ったことで、おしめの早期導入が進められたというのも事実である。

「……そこはまぁ、おいおい考えていこう。どうせ、時間だけはあるしな」

「……そう、ですね」

　イズミは知らない。おしめの問題は、テオだけの問題でないことに。

（なぁ、ミルカ）

　イズミがテオになんとかおしめをはかせようと努力している中、ペトラがそっとミルカに耳打ちした。

（テオ坊ちゃんのおしめを作ったのって……私たちの下着の替えを確保するためでもあったよな？）

（……）

（イズミ殿の母上の下着、ダメだったもんな。そもそも元々私たち、下着なんて着けてた一枚しかなかったし、それもボロボロで……）

（……）

（イズミ殿のやつ、借りるしかないもんな。と言うか実際、お前はそうしていたんだろ？）

（それでも、殿方のを使うのは恥ずかしいし、バレてるにしろ数が増えてるのに気付かれたら恥ずかしいじゃないですか……！　イズミさん、そういうの気を使って逆に何も言ってこないから、自分たちでなんとかするしかないんですよ……！）

気付いちゃいけない秘密のルール。女物の下着をイズミが持っている筈もない以上、代替品はおのずと限られてくる。ミルカが寝たきりだった時の対応がそうであったために、イズミは奥様たちを迎えて以降、その辺については敢えて何も触れずに、ミルカに任せっきりにしていたのだ。

「なんにせよ……テオ坊ちゃんが泣いた理由がわかって良かったよ」

「ええ、それはもう。後は……可愛い下着と、テオが気に入るおしめを作るだけですね」

「可愛い下着？　使える下着じゃなくってか？　いや、〝使える〟もそういう意味になっちゃうか」

「……ペトラぁッ!!」

「兵舎育ちは口が悪いんだ。知ってるだろ？」

——ぜったい、兵舎育ちは関係ない！

誰にも見えないように、こっそりと。

ミルカは、ペトラの手の甲を盛大につねりあげた。

7　変わっていく日々　-Invaluable-

「ふわぁ……っと」

大きな大きな大あくび。うららかな午後の日差しが心地良く、ついつい上の瞼《まぶた》と下の瞼の仲が良くなってくる頃合い。日がな一日のんびり過ごしているイズミとはいえ、目の端から流れる一粒の涙を見れば、この眠気に逆らえる筈もないことは明確だ。

「あら、おねむの時間ですか？」

「んー……ガチでお昼寝って感じじゃないが、なんかうつらうつらとする感じではある……」

「それを人はおねむの時間と言うのですよ」

掃除が一段落したのだろう。エプロンを外したミルカがソファに――イズミの隣に腰掛けてくる。なんとなく決まったその定位置に、イズミはもう違和感を覚えることもない。いっそこのまま肩を抱き寄せて抱き枕にでもしてしまおうかと考える余裕さえあった。

「あれ……そういや、奥様とテオは……」

「和室の方でお昼寝中ですよ」

「……」

「……テオと添い寝はいいですが、奥様と一緒というのは」

「……わかってるって」

「なんですか、今のその間は？」

暇。ありていに言って暇。そしてイズミは今、堪らなく昼寝をしたい。自堕落な生活によって身に付いてしまった衝動的な欲求は、とてもじゃないけど耐えられそうなものではない。

「おかしいな……添い寝でもなんでもしてくれるって言ってた人がいたような気がするんだが……」

「テオと一緒に、ですよね？　そのテオが今、奥様と幸せのひと時を過ごしている以上、我々大人はそれを温かく見守るべき……そうは思いませんか？」

「俺、実はまだ子供なんだ」

「あらまぁ。ずいぶんと大きな子供もいたものですねぇ……子供なら、お姉ちゃんの言うことはよく聞くものですよ？」

そんな、昼下がりの雑談。心地良い微睡《まどろ》みに身を任せながら紡がれる、冗談交じりのやり取り。このまま眠ってしまうのも悪くない――というイズミの思考は、絶たれることになった。

――オオオオオオッ!!

「「!?」」

咆哮《ほうこう》。久方ぶりに聞く、腹の底までびりびりと響く重低音。何か大きなものがドン、ドンと石垣にぶつかっているのだろう、最近はあまり聞く機会のなかった特徴的な音まで聞こえてくる。

「おい、今のは!?」

「い、いったい何事ですか!?」

別の部屋にいたペトラが血相を変えてやってきて、そして奥様もテオを抱きかかえてやってきた。

神経が図太いのか、それとも肝が据わっているのか、あるいはよほど深く眠りについているのか……奥様の腕の中にいるテオは、幸せそうなあどけない寝顔をさらしており、時折むにゃむにゃと口元を動かしている。

そんな様子を見てホッと一安心してから、イズミは気持ちを切り替えた。

「……たぶん、魔物だろう」

窓の外。その四角い枠から見える範囲では何もいない……が、屋根の上でバタバタとシャマランが暴れる気配がする。気が立って威嚇行動でもしているのだろう、明らかに普段からは想像がつかないほどの動きだ。

「……いた」

窓から首を出して外を見渡してみれば、門扉《もんぴ》の近くにクマと豚を足して二で割ったような醜い化け物がいるのが見えた。なんとも性格の悪そうな顔立ちで、目つきは意地汚そうだし目ヤニもひどい。まばらに生えた歯は薄汚い黄色で、その隙間から涎《よだれ》がダラダラと垂れていた。

「……む。オークの類か何かかな」

「知ってるのか、ペトラさん」

「似たようなのは見たことがあるが、あいつは初めてだ。……いかんせん、入ったら二度と出てこれない帰らずの森だからな。知らない魔物がいてもおかしくはあるまいよ」

何が楽しいのだろうか、そいつは門扉の辺りをうろちょろとして、ひたすらその拳で石垣を叩いている。ガリ、ギャリと何かがこすれるような音が大きく響き、そしてその衝撃はわずかとはいえこちらの方にも響いてきた。

もし、現代日本で同じ音と衝撃を感じたとしたら、大半の人間はヤクザか暴走族がカチコミに来たと勘違いしたことだろう。少なくとも、雑談をしにご近所さんのドアをノックした……というようにはまったくもって思えない。

「生意気だな……畜生のくせに二本足で歩いてやがる」

「生意気かどうかはわからないが……しかし、なんというか」

ペトラの目線の先。ちょっと住宅街を歩けばすぐに見つかるような、いたって普通の門扉。大の大人が体当たりすれば壊れるような、防御性能があるとはとても思えない、デザイン重視の中と外の境界を示すためだけにあるそれ。

そんな門扉は、その化け物の攻撃を何度食らっても、壊れるどころかゆがむ様子すら見せない。

「話には聞いていたが、本当に結界のようなものが働いているんだな……あれ、普通に飛び越えられそうなものなのに」

「おう。外からの攻撃は絶対に中に通さないし、あの石垣や門扉は絶対に壊れない。逆に、内側からだったら好き放題できる」

「金属製とはいえ、いつ打ち破られるか正直今もひやひやしているんだが。なんか目の前のことが本当に信じられんよ」

「そこは問題ないことを保証する……とはいえ、放っておくわけにもいかない」

古来より、往来で大声を出したり暴れたり……近所迷惑となる行為を働く者にろくなやつはいない。ましてやあんな知性の欠片もなさそうな獣《けだもの》に同情や憐れみをかける理由も義理もないだろう。

害意を持ってこちらに干渉してこようとする以上、イズミの取る手段は一つしかない。

「始末するぞ、あれを」

「わかった。手伝おう」

「せっかくだ、クマよけスプレー他もろもろの使い方も教えよう。俺みたいな素人がこの帰らずの森で生き残ることのできた、頼もしい武器だ」

　そうと決まれば話は早い。既に何度もその光景を目の当たりにしているミルカはテオを抱いて中へと引っ込み、イズミ、ペトラ、そして奥様がそいつを撃退すべく外に出る。もちろん、イズミはいつものプロテクターを身に纏っており、ペトラや奥様も、それぞれプロテクターや厚手のマントで身を固めている。


　――オオオオオァッ！


　イズミたちが視界に入ったからか、そいつはより一層息を荒らげ、その頼りない門扉を突破すべく暴れまわる。太くたくましい腕が大きく振るわれるたびに尋常じゃない音が響き、そしてその獣臭いをはるかに超えた異臭はより強くなっていた。

「改めて見ると、本当にふざけたツラしてやがるな……！　畜生が、人の家の前で好き勝手暴れやがってよぉ……ッ！」

「しかし……どうする？　外に出なければ安全なのはわかったが、今ここにある鉈や鎌であいつとやり合うのはあまりよろしくない。この装備で近接戦闘は避けたいところだ」

「ここはやはり、私が魔法を使いますか？　イズミ様のそれがどの程度のものかは知りませんが、安全に弱らせることくらいはわけないです」

「いいや、問題ない」

　腰に提げたホルスターより、イズミはクマよけスプレーを抜き取った。

「言っただろう？　こいつの使い方を教えるって」

十分に距離を取ってから、その引き金をぐっと押し込む。赤橙《あかだいだい》の、いっそ毒々しいとも思える霧が結構な勢いで噴霧され、そしてその化け物の顔面に直撃した。

――ギャアアアアアアっ⁉

「な……⁉」

「ひ、ひえっ……⁉」

奥様たちからしてみれば、その光景は恐怖でしかなかったことだろう。その赤い何かを吹き付けられただけで、その化け物は地獄の苦痛に苛《むご》まれているかのようにのたうち回っているのだから。悪魔に精神を壊されたとしても、ここまで惨たらしく苦しみにあえぐ生き物はそうはいない。

「い、いったい何が起きてるんだ……⁉」

「無力化……無力化してるけど、暴れる力はさっきよりもずっと強い……⁉」

「とんでもない刺激物を粘膜に直接吹き付けてるんだ。キツい香辛料を直接目や喉に塗りつけられたイメージかな？　目が染みる……染み過ぎて激痛を覚え、呼吸もまともにできはしない」

「うわぁ……」

「まともに目も開けられないし、顔中が痛くてそれどころじゃないだろう。ただでさえ喉がやられて呼吸がしにくいのに、パニックになるものだから余計に息が苦しくなって……もう、周りのことを考える余裕なんてないだろうな」

「な……なんて、惨い……！」

「そう見えるかもしれないけど、案外これで非殺傷性で、後遺症も残らない。尋常じゃない痛みはしばらく続くけど、結局はそれだけ。無力化という一点においてはこれ以上ないくらいに優秀だ」

場合によっては呼吸困難で死んでしまうことも可能性としてはあるらしいけど、とイズミは心の中だけで補足を入れておく。元々あまり気の強いほうではないのであろう奥様にとって、結果として無駄に苦しめることとなるクマよけスプレーはあまり気分の良いものでないのは明白だ。

つい漏れてしまったのであろう最初の一言を除き、非難の言葉を口に出さないあたり、奥様もこれの必要性や有効性を理解してはいるのだろう。少なくともイズミにとってはそれで十分であった。

「イズミ殿やミルカが帰らずの森を探索できた理由がわかったよ。……なるほど、確かにこれは動く死体や石の騎士には効かないか」

「そ。……じゃあ、さっさと済ませよう。奥様も、気分が悪かったらもう戻っていいと思う。見せたいものは見せたつもりだから」

「いえ……私も、最後までご一緒させてください」

「……ん」

そしてイズミは、チェーンソーのスイッチを入れた。独特な駆動音が森に響き、そして刃が高速回転していく。

「それは……!?」

「見るからに危ないだろ？　鉈みたいに振り回すようなものではないんだが」

門扉を越えて、地面にうずくまるそいつへと慎重に近づき。

「単純な攻撃力なら……無力化したやつをバラすには、またとない武器だ」

その首元に、刃を走らせた。

▲▽▲▽▲▽▲▽

「……大丈夫か、奥様」

「え、ええ……」

チェーンソー、電動草刈り機、クマよけスプレー。一通りの道具の使い方をあらゆる意味でレクチャーしたイズミは、顔を真っ青にした奥様になるべく優しく声をかけた。

辺りには、えげつないほどの獣臭と血なまぐささ、そしてクマよけスプレーの形容しがたい刺激臭が未だに少し残っている。

「イズミ様こそ、お怪我は……」

「見ての通り、だな」

当然の如く、イズミはあの魔物から一撃ももらうことなく仕事を達成して見せた。目も鼻も使えず、呼吸困難に陥ってろくに動くことのできない相手に刃を叩き込むだけの簡単な仕事だ。覚悟と度胸さえあれば、それこそ子供にだってできることである。

ただ、やはりと言うか幾許《いくばく》かの返り血だけは避けることができなかった。汚れるのを気にして下手に意識を逸らしたら、万が一だって起こりかねない。そう考えると、この返り血もしょうがないものと言えるだろう。

「末恐ろしい兵器だな、本当に……。女《わたし》でもあんなに簡単に肉を裂けるとは」

「万能ってわけじゃないんだけどな」

元々そういうのに慣れていたのか、ペトラは顔色を変えた様子もなければ特別普段と変わった様子もない。イズミのレクチャーも、率先してその技術を習得すべく動いてすらいた。

「基本は石垣を隔ててスプレーをかけて、リーチのある刃物を急所に叩き込むだけだ。今回みたいに大物だったらチェーンソーとか使うけど、高枝切鋏や鉈を使うことが多いかな」

「ゴブリン程度にこれだけの兵器を持ち出すのもやり過ぎだもんな。後は……スプレーを使う時の風向きと、チェーンソーや電動草刈り機は取り扱いに十分気を付けるってところか」

「ああ。普通の刃物も危ないけど、こっちはマジでちょっとでも触れたらその瞬間にスパッ！……だからな」

「ひぇぇ……！」

奥様が聞きたくないとばかりに耳を塞ぐ。さすがに温室育ち（？）であろう人妻に聞かせるような話ではなかったとイズミは思い当たり、そしてわざとらしく話題を変えに走った。

「でも、ちょっと前までは魔物なんて出なかったのに……なんで、今になって出てきたのかな。まさかあいつ、魔物の大群の偵察役とかじゃないだろうな？」

「ん……それはないと思うぞ。あの手の類の魔物はそこまで知能はない筈だから、単純に……」

「単純に？」

「今までここを囲っていた動く死体がいなくなったことに、ようやく気付き始めたってところだろう。あれからもう結構な時間が経っているし……むしろ、遅かったくらいかも」

イズミたちが今いるこの場所は、ガブラの古塔のまさに目の前、ちょうど例の広場の端っこの、森との境界線に近いところだ。

少し前までは、この広場には数多《あまた》の動く死体が蠢いていた。ガブラの古塔を護《まも》るようにして、昼夜問わずこの広場を徘徊していた。ここに迷い込んできた哀れな生き物がいたとしたら、二十四時間年中無休で……どんなタイミングであってもそいつを排除すべく一斉に襲い掛かることだろう。

そしてこの帰らずの森に棲む生き物たちにとって、動く死体を襲うメリットはほとんどない。食べられるわけでもなく、せいぜいがストレス発散にしかならない相手に、大群に襲われるという大きなリスクを払ってまで襲い掛かる理由はない。

結果として、このガブラの古塔の周りは独自の縄張りが形成されたに等しい状況であったが、イズミたちが介入したことにより、その主因子である動く死体はほとんど消え去った。

邪魔者がいない空白地帯。その中央には何やら寝床にもできそうな何かがある。それに気付いた生き物たちがこの場所に流れ込んでくるのも、自然界の生存競争として至極納得できる話であった。

「今までが特別だったってことで……これからは、普通に魔物が襲ってくるようになるのか」

「手順さえ間違えなければ、安全に対処はできますが……しかし、落ち着きませんね」

「ああ。前の場所にいた時も、あいつらテオがお昼寝した時を見計らったかのようなタイミングで来やがったからな。起きちまったらどうするんだと、何度ブチギレながら対応したことか……」

「イズミ殿はなかなかユニークな怒り方をするんだな？」

「いやいや、大事なことだろ⁉」

「ああ、大事だとも。大事ではあるのだが……気にすることの優先事項が違うというか、魔物が家の周りをうろついているのにまず気にすることがそれなのか、と」

「結局、家に引きこもってさえいれば絶対安全ってわかってたから。テオのご機嫌を損ねることのほうがよっぽど重大な問題だ」

「ふむ。まぁ私個人としては、イズミ殿のそういう気質は非常に好ましく思うよ……で、だ」

「うん？」

「どうする？　こうなるともう、敢えてわざわざこの場に留まる理由もないだろう。ほかの生き物たちがやってくることを考えたら、森の中に家を移すのも一つの手かもしれない」

今までイズミたちがこの場に家を構えていたのは、単純にその必要性に迫られなかったからだ。

もちろん、体力の回復に努めていたからという物理的な要因もあるのだが、それ以上にそもそも魔物たちが襲ってこなかったからという理由が大きい。

だが、これからはそのメリットもなくなるだろうということが予想される。だとすれば、同じ条件である森の中に家を構えなおすのも悪くはないのではないか……というのがペトラの提案だ。

やはり目の前にガブラの古塔……あの痛ましくて忌々《いまいま》しい体験を呼び起こす象徴があるのは気にかかるのだろう。それがなかったとしても、この広場は元々動く死体が蠢いていた場所だ。今でこそ長閑《のどか》で何もない広場だが、やはり気分が良いものではない。

「ん……そうだな、そろそろそれを考えてもいいかもしれない。だけど、今すぐは勘弁願いたいところだ」

「相わかった。どのみち、急ぎの要件でもないしな」

「ミルカさんの意見も聞くけど、前向きには考えてるんだぜ？　単純に、森を移動するための勘を取り戻したいと言うか……こう、たるんだ体を引き締め直して準備を万端にしたいんだ」

「む……確かに。私もここ最近の夢のような生活のためか、ずいぶんと体が鈍《なま》っていたような」

「森の中での移動だと、絶対安全ってわけじゃないからな。やっぱりやれることはやっておきたい」

辺りに残る血なまぐささ。さあっと吹いた風が一瞬それをかき消してくれるものの、大本から今なお漂うそれがすぐに満ち、イズミの気分をなんとも不快なものにさせる。

きっと、この血の匂いに惹かれて新しい魔物がここへとやってくるのだろう。死体の処理はそいつらに任せてもいいだろうか。それとも適当に森の中に廃棄したほうがいいだろうか。動く死体の腐臭よりかは、血の匂いのほうがまだマシな部類に入るだろうか。

――この家がなかったら。この家に結界が施されていなかったら。いったい今頃どうなっていたのか。

「……ぞっとしない話だ」

森がなんだか妙に不気味にざわついた気がして、イズミは思わずそんなことを呟いた。

◇

「じゅうはぁち……じゅうきゅう……っ！」

「うー！　うー！」

「に、にじゅう……っ！」

「いえ、あと一回ですわ。途中で一つ飛ばしていましたもの」

ある昼下がり。リビングの広いところで腕立て伏せに勤《いそ》しんでいたイズミは、ミルカの無慈悲なる宣告によりぐしゃりと崩れ落ちた。既に腕は棒のようになっており、これ以上はもうどう頑張っても動きそうにない。

「しかし、腕立て伏せを合計百回ですか……。わざわざ五回に分ける意味ってあるんですか？」

「連続でやるよりかは、何度かに分けて色んなトレーニングのサイクルを回したほうがいい……らしい。ネットに書いてあったんだ、まぁ間違いないだろ」

「ふぅん……」

話している間には休憩時間である三十秒が過ぎ去る。動きそうになかった筈の体にいくらかの力が戻り、そしてイズミは腹筋を鍛えるべく仰向《あおむ》けになって……レッグレイズの態勢に入った。

ちょうど今回が四セット目である。正直今でさえ限界ギリギリでなんとか体を動かしているというのに、果たして本当に五回目まで行けるのかイズミには不安でならない。

――ガブラの古塔での死闘以降、初めて魔物が襲ってきたあの日。ペトラの予想通り、あの日からあの周辺にちょくちょく魔物が現れるようになった。最初のうちこそはぐれの類が多く、魔物と言えども比較的小型で弱いものも多かったものの、だんだんと、しかし確実にそれなりに大型で強力なものも増えてきたこともあって、イズミたちは今、この場所からの移動……いわば、引っ越しを本格的に検討している段階にある。ミルカもまた、場所そのものにこだわりがなかったこともあり、引っ越しの話はあっという間に四人の中での決定事項となったのだ。

問題なのは、その事前準備のほうである。

「やっぱ少しでも、体を鍛えておかないと……な！」

「ちょくちょく魔物と戦ってくださるではありませんか」

「うーん……実戦形式と言えば聞こえはいいが、動けない相手に鉈を振るっているだけだからな。どうにも基礎スペックが伸びない」

森の移動には危険が伴う。今回は魔法を使える奥様に、その護衛であるペトラもいるとはいえ、ひとたび魔物と相見えれば戦闘は避けられない。怪我のためにここ数日すっかり療養生活を送っていたイズミは、早急に元の水準以上の力を手に入れる必要があるのだ。

「何気にやることは多い……ぞ、と。まずは基礎トレで下地を作ってから、その後ペトラさんに剣術を習って……並行して、移動計画もしっかり詰めていかないと」

「そうですね……そちらのほうは、ぜひ私にも協力させてくださいな」

何気に、移動計画のほうは既にそれなりに決まっていたりする。家を呼び出す要となるイズミは当然のこととして、強力な魔法を使える奥様、そして剣技が冴え、イズミと違って奥様の癒しの魔法の恩恵を存分に受けられる……万が一の時の壁になれるペトラ。正直その役割はどうなんだとイズミは反対したのだが、「そもそもそういう役目だし、それが一番全体に貢献できる」と言われてしまえば反論のしようがない。せめてそんな事態にならないようにすべく、こうして必死に実力を磨き続ける……というのが、イズミにできる精いっぱいであった。

一方で、戦闘や探索に関すること以外はすべてミルカの仕事である。日々の生活における家事はもちろん、探索用の備品の作製なんかもミルカの仕事の範疇《はんちゅう》だ。もちろんその中には、この家の中である意味一番ヒエラルキーの高いテオの面倒を見ることも含まれている。

「う！　うー！」

「……あら？」

そんなテオが、イズミに向かって手をぱたぱたと動かしている。イズミが腹筋を鍛えるべく足を上げ下げするたびに、それに釣られるようにして手足を激しく動かして……まるでミルカの腕から飛び出したいと言わんばかりに身を乗り出していた。

「なんだ、テオ……お前も体を鍛えたいのか？」

「だう！」

「元気があってよろしい」

　二十回のレッグレイズが終了する。イズミはへとへとになっているとはとても思えない勢いで腹筋を収縮させ、むくりと起き上がった。にこーっと笑いながら手を伸ばしてくるテオを慣れた手つきで抱き上げ、そのままぽんぽんと良い感じに抱っこのポジションを整える。

「そういやこいつ、そろそろハイハイができてもおかしくない頃合い……だよな？」

「ええ、そうですね……既にお座りと寝返りはできていますし。……あ、ハイハイの前にずり這いが先でしょうかね」

「ずり這い？」

「あら、ご存じありませんか？」

　ずり這いとは、簡単に言えばハイハイに至る一歩手前の、文字通り腹ばいになって這いずるようにしながら進む動きのことだ。まだ四つん這いで自分の体重を支えられるほどではない赤ん坊が、じっとしているには堪らない気持ちを爆発させ、手足を使って気合と根性で進む技である。

「ああ……要は、よちよちしている赤ちゃんのアレか」

「ええ、アレですわ。……テオもやる気になっているみたいだし、良い機会ですね」

　せっかくイズミがテオを抱っこしていたというのに、ミルカは無慈悲にもイズミの腕からテオを抱き上げてしまう。そのままにっこり笑い、「早く続きをしましょうね」と無言のまま語って見せた。

「さっ、テオ。あなたもイズミさんに合わせて練習しましょうね」

「だーう！　だーう！」

「あらまぁ、すごいやる気」

いつもと同じように、テオは床へと寝転がる。そのままふんぬ、と気合を入れて寝返りを打ちうつ伏せの状態に入った。いつもならこのままスヤスヤとおねむの時間になるところだが、しかし今日は逆る熱情と気合を隠せないでいる。

「いーち……にーい……」

「うー！　だう！」

イズミがゆっくり、ゆっくりと腕立て伏せをする。

テオは、そりゃもう無茶苦茶誇らしげに手足をぱたぱたと動かした。

「さーん……よーん……」

「うー！　まーう！」

にこーっと笑ったまま、テオはひたすら手足をぱたぱたと動かす。ぽよんぽよんの柔らかい体が震えて、木馬に揺られているかのように体が揺れていた。

もちろん、たったそれだけではずり這いができているとは言えない。ただ単に、うつ伏せになってぺたぺたと床を叩いているだけに過ぎない。

が、しかし。

「うー！　う！」

にこーっと笑ったまま、くりくりでまんまるの大きなおめめで。

テオは、とても誇らしげにイズミとミルカを見上げていた。

「あらま～！　よくできまちたね～！」

「あーもう、可愛いやつめ……！　こりゃあ、将来大物になるぞぉ……！」

イズミもミルカも、テオのこれはずり這いだということにした。これだけ可愛くて誇らしげな顔を見れば、誰だってそうしてしまうだろうと本気で思ってさえいる。というかむしろ、テオのこれこそが本家本元元祖ずり這いであり、それ以外のすべてが我流や亜流、あるいは偽物である。そうに違いないと、認識が書き換わりつつあった。

「おい……さっきから見てれば、いったい何を……」

ずり這いを練習させるという目的も、体を鍛えるという目的も忘れてテオを抱っこしていた二人を止めたのは、ちょうど自主練が終わり汗を流し終えたペトラであった。

「何って……ペトラ、あなたは見ていなかったの？　テオが初めてずり這いをしたんですよ！」

「見てたから言ってるんだよ……あれじゃ、うつ伏せでもがいていただけじゃないか」

「まぁっ！　いったいなんてことを！　……テオ、言われっぱなしで引き下がるなんてあってはならないことです。今こそあなたのそのずり這いを見せつけておやりなさい！」

「うー！」

ミルカの呼びかけにより、テオが再び誇らしげに手足をパタパタと動かす。とてもとても楽しそうで、見る者の心を癒してしまう可愛らしい動き。これを見ればどんな荒くれ者であろうとも、心がほっこりしてしまうのではないか……そこについては、ペトラもまた同意するところである。

「いや……坊ちゃん、よくよく周りを見てくださいな。全然動いていないでしょう？」

「……う？」

「前に進めねばずり這いとは言えませんよ」

ミルカやイズミと違い、ペトラはまだ常識があり、そして正気を保てている。だから、テオ自身の健やかなる成長を願い、敢えて無情にも現実を突き付けて見せた。

「……んま？」

「えっ、それホント？」とでも言わんばかりに目をぱちくりとさせるテオ。ペトラは唯々重々しく頷いた。

「う……」

「う？」

「うわあああああん！」

泣いた。テオは盛大に泣いた。先ほどまでのご機嫌な顔はどこへやら、例えるなら火山の大噴火、あるいは大嵐による大洪水かの如く盛大に泣いた。

あまりにもわんわんと泣くものだから、イズミはテオのその大きなおめめが一緒に流れてしまうのではと思ったほどだし、ペトラは自分が何かとても残酷で取り返しのつかないことをしてしまったのではないかと思ったほどだった。

「ど、どうしよう……!?」

「お、俺にそんなの言われても……!?」

そして、それは突然に訪れた。

「うわあああ……んま？」

はっ、となんかに気付いたようにテオが泣き止む。赤ん坊がピタッと泣き止む……という表現はよく聞くが、まさにその通りに、スイッチが切り替わったかのようにテオは泣き止んだのだ。

泣き止んだばかりか、おろおろしているイズミとペトラを見て、にこーっと太陽のように笑ってさえ見せた。

「な、なんだ……？　いったいどうして……⁉」

「ああ、これは……『なんとなく泣いてはみたけれど、よく考えてみたら不機嫌でもなんでもないな』って後から気付いたパターンですね」

「え……そんなのあるの？」

「ありますよ、赤ん坊ですもの。基本的に笑うか泣くかで、その境もあいまいです。条件反射的に自分でもわけもわからず泣いているものですから、逆にすぐに泣き止んだりもしょっちゅうです」

ミルカの言葉を裏付けるかのように、テオは再び手足をパタパタと動かして上機嫌に笑っている。

きっとさっきは、ペトラから何か深刻なことを言われたような気がして、瞬間的に悲しい気持ちになってしまっただけなのだろう。そうしてとりあえず泣いたはいいものの、よく考えたら今の自分は十分にご機嫌である……ということを思い出したというわけだ。

「よ、よかった……一瞬、私が泣かせてしまったのかと」

「テオが言葉を理解してたら危なかったかもなぁ。今まで自信満々にやっていたそれを、否定なんてするから」

「い、いや、確かにそうではあるんだが……このままじゃいつまで経っても練習にならないだろ？」

ペトラの指摘はもっともである。今のテオはうつ伏せ状態で手足を動かすだけで満足しており、そこから前に進むという発想そのものに辿り着いていない様子である。そしてイズミもミルカもあまりの愛くるしいその動きに魅了されてしまい、ついつい甘やかして褒めそやしてしまう。これでもいつかはずり這いに到達できるだろうが、実際としてなんの練習にもなっていないのは間違いない。

「いいじゃない、こんなに可愛いんだもの……ねー？」

「うー！」

「ミルカ……お前……」

幸せそうにテオを抱き上げたミルカが、ふにゃふにゃと顔をほころばせながらテオに問いかける。もちろん、テオは赤ん坊らしい底抜けの笑顔をもってそれに応えていた。

「……良いこと思いついたんだが」

「なんだ、イズミ殿」

「手本を見せるってのはどうだろう？」

「……なるほど。じゃあミルカ、早速頼む」

「ええ⁉」

「お前もたまには運動しないと……自分で気付いてないだろうが、結構丸くなってるぞ」

「えっ」

「ほら、特にこの辺とか……うぉっ、めっちゃ柔らかい……！」

「触るなあっ！」

とはいえ、色々と心当たりもあったのだろう。さっとペトラから一歩身を引いたミルカは、その勢いのままイズミの傍ら……まだまだ十分にスペースがあるそこへと腰を下ろした。抱き上げていたテオを床に寝転がせ、自身もまた、恥ずかしそうにうつ伏せの体勢を取る。

「もぉ……」

「なんだ、やる気じゃないか」

「変におなかを突《つ》かれるよりかは断然マシですからね……さて」

同じくうつ伏せになったテオに、ミルカは優しく語り掛けた。

「いいですか、テオ。こう、上手く腕を使ってですね……」

うつ伏せ、腹ばい。そんな状態でミルカはかき分けるように、腕全体で床を捉える。あくまでおなかは床につけたまま、腕の力をもって体を引っ張ることで少しだけ前へと進んで見せた。

「だーう！　まーう！」

「……」

「……」

嬉しそうにはしゃぐテオ。無言になるイズミとペトラ。二人とも、思うところは一緒であった。

「なんか……アレだな。俺が言うのもなんだが」

「おう。なんかこう……」

今日日、十七歳の少女がずり這いする姿なんてどこに行っても見られるものじゃない。優しげに、真剣に取り組んでいるものだから見た目とやっていることの奇妙なギャップの妙がある。

しかもその少女は、類稀《まれ》なる……具体的には、初見のイズミが子持ちの母親と間違うほどの見事な体つきをしているときた。

「……結構なものを拝ませてもらったと言うか。変な扉を開きそうになったと言うか」

「ちょっとぉ!?」

ミルカのそれでは、厳密な意味ではテオの手本にはならないだろう。イズミやペトラでは決して真似できないボリュームがふよんと潰れていて、なんともまぁやりにくそうである。

「いや……邪魔で進みにくそうなのは間違いないが、逆に安定している気もする。まったく、嫌味たらしいことこの上ない」

「ミルカさんが赤ちゃんの真似をしているなんてな……！　めっちゃ可愛い、動画撮らないと！」

「前を見るために上体を上げる必要がある……常人なら常に背筋に負担がかかるが、ミルカならそれを気にすることなくその体勢を維持し続けられる。見本としては理想的過ぎるな」

「もぉぉーっ!!」

「あっ！　動いちゃダメだって！　テオの手本にならないだろ！」

「イズミさんっ！　なんで当たり前のようにカメラを構えているんですかぁ!?」

「いや、俺は純粋にテオの成長の様子を撮っておきたくてだな……」

「そうそう。たまたまミルカも一緒に写ってしまっているだけだ」

「ぐっ……！　小賢しい真似を……ッ！」

もちろん、イズミの言い分なんて方便である。しかしながら、ほんのわずかでもそこに真実がある限り、ミルカはイズミの言い分を呑まざるを得ない。この一瞬しかないテオの様子を記録し、あまつさえ後から何度でも振り返って見られるというのは得難きことであり、それを自身の行動のせいで邪魔するなんてあってはならないことなのだから。

「ほら、ミルカさん！　ちゃんとテオの手本にならないと！」

「そうだそうだ。坊ちゃんだって今すごくやる気なんだ。この機を逃したら乳母の名が泣くぞ」

「おのれぇ……！　よくもまぁいけしゃあしゃあと……！」

「いやいや、ホントに撮ってるぜ？　ホレ見ろ、テオも、ちゃ、んと……!?」

わざとらしくテオの方へとカメラを向けたイズミが固まった。同じようにそちらへ視線を向けたペトラが、信じられないものを見たとばかりに目を見開いている。

「……どうしました？」

さすがのミルカも、何かがおかしいと気付く。

「あ、あああ、あれ……！」

イズミが震える手でそこを指さす。

ゆっくりと釣られるようにしてミルカがその先を追ってみれば。

「うー……！　だう……っ！」

「あ、あああ……!?」

テオが、さっきよりもちょっと進んだところにいる。小さな手足を精いっぱいに動かして、しっかりと体を前に進めている。

その動きはあまりにもゆっくりで、お世辞にも流麗とは言えない。体のバランスが悪いのか、真っすぐではなく右方向に傾いてしまっているし、下手をすればころりと転がってしまいそうだ。

しかし、確かに進んでいる。今の自分が持てる力を総動員し、一生懸命に……全身の力を込めて、テオはそれに勤しんでいる。

その動きは、紛れもなくずり這いのそれであった。

「テオ坊ちゃん……！　よくぞ、よくぞ成し遂げましたね……！」

「い、イズミさんっ！　もちろんちゃんと、撮ってたんでしょうね!?」

「いや、その……な？」

「な……何やってたんですかぁ!?　あ、あなたって人は！」

「ちくしょう！　俺だってめっちゃ悔しいんだよ！」

「うー……っ！　うんんー……っ！」

今もまた、テオは必死になってずり這いをしている。真剣な表情で床を這う姿は非常に愛くるしく、見ているだけで心が洗われていくのは間違いない。

だが、それはそれとして初めて成功させたその瞬間というのは大事だ。十七の娘の滅多に見られない光景よりも、はるかに重要なことである。もし、ミルカがだいぶアブナイ水着姿でそれをやっていたとしても、イズミはなんの迷いもなくテオのほうを撮っていたことだろう。

「くそ……っ！　だが、せめて！」

「あっ!?」

イズミはさっとテオの方へと先回りする。そして、大きく腕を開いた。

「よーしよしよし……！　テオ、お前は良い子だ……！　さぁ、頑張ってこっちに来い……！」

「ずるいですよ、イズミさんッ！」

ミルカもまた、獣の如き素早さで跳び起き、イズミの隣で腕を開いた。

「テオは良い子でちゅよね～？　いーっぱい抱きしめてあげるから、こっちに来るんでちゅよ～？」

ぽふん、とわざとらしくミルカは胸を叩く。そりゃもうびっくりするほどの貫禄があった。

「あっ……！　ずるいだろそれは……！　自分の体を使うのは反則だろ……！」

「ふん。女が女の武器を使って何が悪いんです？　……あっ、もしかしてイズミさんもやってほしいんですか？　それともテオに妬《や》いてるんですかぁ？」

いつまで経っても男の子は男の子ですね……と、ミルカは挑発的に笑う。色々な意味で負けているイズミは、せめてその紳士的な態度でのアピールを貫くことでしかポイントを稼げない。

「さぁ、こっちだテオ！」

「いいえ、こっちですよテオ！」

「うー……！」

一生懸命にずり這いをしたテオが、最終的に選んだのは。

「…………んま！」

「ふふ……また一つ、お兄ちゃんになったんだね、テオ」

「「……あ」」

イズミもミルカも過ぎ去ったさらに奥……部屋の入り口の方。

湯上がりでほかほかしている奥様に抱き上げられて、テオはにこーっと嬉しそうに笑った。

「すごいねえ……！　いつのまにかずり這いもできるようになっていたんだねえ……！」

「う！　だーう！」

きゃっきゃと笑い、テオは奥様の腕の中でくすぐったそうに身をよじる。イズミもミルカも、その様子を唖然《あぜん》として見守ることしかできなかった。

「そりゃ、一番大好きなのはママに決まってるか。……おう、そこのフラれたお二人さん、いつまでそんな格好で放心しているつもりなんだ？」

「いや、だって……なんだかんだで、こっちに来てくれるかなって……！」

「わ、私が一番テオを抱っこしてきたんですよ……!?　飛び込んでくるなら私の方だって……！」

「……私が赤ん坊だったら、鼻息の荒い大人の胸には飛び込みたくないな。傍から見ていて、ちょっと引くほど怖かったぞ」

あまりにも身もふたもないペトラの言い分に、イズミもミルカもがっくりと肩を落とした。

「……ところで、ですが」

テオを抱っこしたまま、ゆらりと奥様がイズミたちの前にやってきた。

──何故だか、顔は笑っているのに目は笑っていない。儚げで優しい雰囲気である筈の奥様なのに、まるで冷たい氷のように静かなる鋭さを放っている。

「なんで……なんで、呼んでくれなかったんですか！　今回はもうしょうがないですけど、ハイハイとたっちの時は絶対に呼んでくださいねっ！」

「え……あの……」

「答えは『はい』か『うん』のどっちかですっ！　こればかりは、いくらイズミ様と言えど例外は認めませんからっ！」

「いや……その、今回みたいにお風呂に入っていた場合は……」

「それがなんだというのですか！　たとえ私が素っ裸だったとしても、絶対に呼んでください！いいですねっ！」

この家の中で一番ヒエラルキーが高いのは奥様なのかもしれない。さらっととんでもないことを断言し、愛おしそうにテオを抱きしめる奥様を見て、イズミはそんなことを思った。

◇

筋トレの極意とは何か。

少し前まで、イズミはそれは「回数」だと思っていた。例えば腹筋だったら五十回やったやつよりも百回やったやつのほうが偉いし、数を多く熟《こな》せばその分だけ筋肉に効くものだと思っていた。十回や二十回で音を上げているようではまだまだで、とにかく負荷をかけるなら回数を増やすしかない……そう思っていた。

「じゅうはぁち……っ！　じゅうきゅう……っ！」

そんなイズミは、たかだか二十回の腕立てで潰れかけている。仮にも成人男性が、たったこれしきのことでこんな風になっているだなんて、日頃の運動不足が過ぎる……と、何も知らない人が見ればそう思うことだろう。

「……にじゅうっ！」

「はい、おつかれさまでした」

ミルカの穏やかな声が耳に入った瞬間、イズミはぐしゃりと崩れ落ちた。

——その背中には、水が入った大きなペットボトルが三本ほどくくりつけられている。

「回数よりも負荷を増やす……この程度で錘《おもり》になるとは思いませんでしたが、覿面でしたね」

「ああ。最初は意外と楽そうだって思ったんだけどな。よく考えなくても三本もくくりつけているわけだから……単純計算で6キログラムか。そりゃキツいわけだよ」

言わずもがな、イズミがたった二十回ぽっちの腕立てで潰れそうになっていたのは、背中に錘を乗せていたからである。既にリハビリ（？）は十分であり、普段の筋トレでは物足りなくなったイズミは、能力の向上を目的により厳しい筋トレをすることに思い至ったのである。

「それにしてもまあ、毎日毎日欠かすこともなく……本当に精が出ますわね」

「ほかにやることもないし、時間だけはあるからな……それに、そう遠くないうちに移動することは間違いないんだ。やれるだけのことはやっておきたい」

この場所から――ガブラの古塔の前から、ここではない森のどこかへと移動することは決定している。魔獣が跋扈《ばっこ》する森の中を進む以上、少しでも体を鍛えておきたいというのがイズミの本音だ。実際はクマよけスプレーや奥様の魔法などをフルに活用して安全重視で進むため、直接的な身体能力を求められる場面は少ないだろうが、それでもやるとやらないとでは大きな違いがある。

「なんかその……最近は、ペトラさんが魔獣を始末してくれるだろ？」

「ええ、そうですね。ペトラは既に回復していますし」

「……俺より早いんだよな、終わらせるの」

「……」

「いや、わかってる。ペトラさんは本職だ。独学の付け焼き刃な俺が敵《かな》う筈がないのは当然なんだ。さすがにそこまで驕《おご》るつもりはない」

「……で、本音は？」

「……タイマンのガチ勝負ならともかく、クマよけスプレーで無力化しているところに止め刺すだけだろ？　つまり、技術よりも単純な腕力がモノをいうわけで」

「力に勝っている筈の自分より、ペトラのほうがスマートに処理するのが悔しかった……と」

「男には、誰にだって見栄ってものがあるんだよ……」

ふう、と息をついてイズミは体勢を戻す。壁の時計の秒針が一周したら、再び二十回の腕立てに入らなくてはならない。邪魔にならないよう、網戸の前――縁側のそこでやっていたから、入り込む涼やかな風が火照った体に心地良かった。

そんな、風を楽しんでいた剥《む》き出しの腕に違和感。

「……ペトラよりもずっと太くて、ゴツゴツしていて硬くって。単純に、慣れているかどうかの違いだと思いますけどね」

「うぉっ……」

ぴと、ぴと。ぺた、ぺた。

いつの間にやら腰を上げたミルカが、確かめるようにしてイズミの肩や腕を手のひらで触っている。完全なる不意打ちに変な声が出てしまったのは、もはやしょうがないことだろう。

「……なんですか、その声は」

「いや、びっくりしただけ」

「ふぅん……」

――この人、たまに無意識でこういうことするよなァ。

なんとなくそんな空気になってしまったので、イズミはそのままミルカにされるがままになる。

彼女の温かな手のひらが自分の腕に押し付けられるのはなかなかにこそばゆく、そしてくすぐったい。その細くて白い指で突かれた時なんてもう、逆に金を払わなくてはならない案件ではないかと、そんな思いが頭をよぎるほどであった。

「不思議ですよね。同じものを食べて、同じように生活しているのに……どうしてこうも、違いが出るのでしょうか。イズミさんの腕はこう……本当に男の人って感じがして、ペトラのそれにはない安心感みたいなものがあります。結構……いいえ、間違いなく好みです」

「褒めてもらってる……んだよな？　なんか、すっごくこそばゆいんだけど……」

「あらやだ、この程度で照れてらっしゃるんですか？」

くすりと笑ってミルカはイズミから離れる。そのことを大いに惜しみながらも、イズミは再び腕立ての体勢に入った。

「いーち……！　にーぃ……！」

「今日のお夕飯はどうしましょうね……」

「さーん……！　しーぃ……！」

「高たんぱく、低カロリーでしたか……しかし、それらはどうにも味気ないというか、華やかでないというか。イズミさんの食卓を飾る以上、何か一工夫が欲しいところ……」

「ごーぉ……！　ろーく……！」

「体づくりとそれに対応したメニュー……私もまた、お勉強の時間を増やさないとなりませんね。文字を覚えるよりも、そっちのほうが先決かも」

「しぃーち……！　はーち……！」

「……あら？　……まぁ！」

ぴた、と止まるミルカの声。そのことを訝しみながらも、イズミはゆっくりと腕立てを進めていく。腕をしっかり折り曲げて、胸が床につくくらいまでに下げて。体は一枚の板であるかのように力を込めて「芯《しん》」を作り、負荷をかけるようにゆっくりと。

ただ素早く、適当に腕をカクカクするだけではなんの意味もないのだ。きっちり正しいフォームでやるのが何よりも肝要なのだ。そうでなければ、腕立て伏せというそれはただの発情したオットセイの物真似になってしまう。それはあまりに情けない。

「がんばれ、がんばれ！」

「……む？」

自分には終ぞ縁がないと思っていた、十七歳の乙女からの声援。運動部の、それもかなりの強豪でもなければこんな声援もらえないだろう。中学時代は気恥ずかしさから男子に声援を送る女子なんていなかったし、高校時代はそもそも体育は男女別だった。何より、イズミの体育の成績はそこそこで、別段モテていたというわけでもない。

「ほら、もう少し！　がんばれ、がんばれ！」

イズミだって男だ。声援をもらって悪い気はしない。それも相手は実質女子高生で、またとない別嬪《べっぴん》さんである。これでやる気が出ない男なんて男じゃない。

「はは、ミルカさんに応援してもらったんだから、俺も頑張らないとな……！」

「あ、イズミさんじゃないです」

「……ぐふっ」

なんの悪気も悪意もないその一言が、イズミの心を深く傷つけた。どこか不思議なところから湧いてきていた力はあっという間に霧散し、それどころか今まで以上の倦怠感《けんたいかん》と疲労、そして重圧感がイズミの体全体にのしかかってくる。

――いや、気のせいではない。本当に、イズミの体への錘が増えていた。

「……んま！」

「……そりゃ、重いわけだ」

腰から尻の辺りにかけて感じる、温かくて柔らかなそれ。ご機嫌なその声を聴けば、イズミの瞼の裏にはテオのいつものにこーっと笑う極上の顔が幻視できた。

「よかったですねえ、テオ。大好きなイズミさんの背中ですよう」

「うー！　だーう！」

「あっ、ちょ……暴れるな、テオ」

「良い感じに動くのが、たまらなく楽しいんでしょうね」

自分の背中で、テオがペットボトルをかき分けるようにしてもぞもぞ動いているのがイズミにはわかった。そのたびに、腕に瞬間的に尋常じゃない負荷がかかるものだから、無視しようにもすることができない。

やがてテオは良い感じのポジションを見つけたのか、その小さくてぷにぷにの腕をしがみつくようにしてイズミの首に回してきた。

「うー！　うー！」

「ぐ……ッ！　が……ッ！」

「あら？　イズミさん、腕が止まっていますよ？」

「うー……だーう……」

「あらまあ、テオも寂しそうな顔をしちゃって……。イズミさん、頑張ってくださいまし！」

「わ、わかってて言ってるな……！」

「なんのことやら。負荷も増えてちょうどいいではありませんか」

イズミが先ほどまでつけていた錘は合計6キログラムほど。テオの体重を正確に測ったことはないが、いつも抱っこしている感じからしておおよそ10キログラムといったところだろう。この年の赤ちゃんとしては標準的で、すくすく育っていることにイズミは喜びを隠せない。

が、そんなすくすく育っている赤ちゃんが腕立て中にいきなり背中にしがみついてきたというのは、ちょっと予想外の話であった。

「と、言うか……！　なん、で、テオがここに……!?　おくさ、ま、と、お昼寝してた、だろ……！」

「起きちゃったみたいですね。で、ハイハイしているうちにイズミさんの背中に辿り着いたと」

「ハイハイ!?　ウソだろ!?」

「いえ、紛れもなくハイハイしてたんですよ……！」

喜びを堪えられないとばかりに、ミルカが嬉しそうに声を漏らす。それもそうだろう、だってテオは、今朝方までずっとずり這いをしていた——つまり、ミルカが見られてイズミが見られなかったそれは、テオの初めてのハイハイなのだから。

「くそ……ッ！　み、見たかった……ッ！　というか、今すぐにでも見たい……ッ！」

「うー！　まーう！」

「ダメですよ、イズミさん。テオが腕立てしてほしいって言ってるじゃないですか。それに……ハイハイなら、これからいくらでも見られるでしょう？」

「ぐ……ッ」

「大丈夫。こうして私が控えていますから、万が一があってもすぐにテオを抱っこできますとも。イズミさんはどうぞ、限界まで腕立てしてくださいまし。そのほうがきっと、テオも喜びます」

「ちくしょう……！　そんなこと言われたら、やるしかねェじゃねェか……！」

自分の背中で、テオがそれを楽しみにしている。それだけでもう、イズミの中に「逃げる」という選択肢はなくなった。

「じゅうごーぉ……ッ！　じゅう、ろぉく……ッ！」

「うー！　だー！」

「ふふふ。楽しいねえ、テオ」

「じゅ、う、しぃち……ッ！　じゅ、う、は……！」

「……すっごくプルプルしてますけど、止まってますよ？　ほら、頑張ってくださいな」

「ぐ、んぎぎ、ぎ……ッ！」

「……まさか、ホントに応援が必要だったりします？」

応援よりもむしろ、テオがハイハイをしているところを見たい。イズミの心の中にある願いはその一つだ。

「し、て、くれるってんなら……ッ！　ぜひ、とも、してほしい、もんだな……！」

「あらまぁ、欲しがりさんですこと」

にこっと笑ったミルカは、やや頬を赤らめながらイズミの頭の方に膝をついて。

——がんばって。

耳元で、そっと囁いた。

「……自分でやっていてなんですが、思った以上に恥ずかしいですねコレ」

「ミルカさん……あんた、もう少し自分のことを客観的に見たほうがいい……」

「お褒めにあずかり光栄ですわ。……こんなことするのはイズミさんだけですから、ご心配なく」

そうして、なんとかイズミは目標である二十回の腕立てを行うことができた。既に限界であった最後の二回が行えたのは、果たして男の意地か、それともそれ以外の理由によるものか。重要なのは、テオを失望させることなく……途中で崩れ落ちることなく、それをやり通したという事実だ。

「う！　う！」

そして肝心のテオは、潰れたイズミの上でケラケラと楽しそうに笑っている。足をぱたぱたと動かし、腕でぺちぺちとイズミの後頭部を叩いていた。おそらくはもっとやってくれとせがんでいるのだろうが、さすがに見かねたミルカがひょいとその体を抱き上げる。

「ほら、テオ。イズミさんがあなたを乗せてがんばったんですから、労《ねぎら》いの言葉を言いましょうね」

「きゃーっ！」

「楽しそうだなあ、オイ」

ミルカの胸にひしっと抱き着き、テオはそれはそれは嬉しそうに笑っていた。もしかしたら触発されてハイハイを見せてくれるのでは……というイズミの思いとは裏腹に、テオはそこから離れようとしない。何が楽しいのか、からかうようにイズミの方をチラチラと見ては、にこーっと極上の笑みを浮かべてきゃっきゃとはしゃいでいた。

そんな嬉しそうな姿を見ていると、別に今すぐでなくてもいいか……なんてイズミは思ってしまう。あちらの世界――日本にいた頃には、とても味わうことのできない体験であった。

「しかしまあ……この前ずり這いができるようになったばかりなのに、こんなにも早くハイハイなんてできるものなのか？　まさかこいつが隠れてこっそり筋トレしていたわけでもあるまいに」

「んー……あくまで、推測ですけど。今までずっと、誰かしらが抱っこしていることが多かったから……その、本気を出していなかっただけ、とか？」

だいたいテオは奥様かミルカに抱っこされている。ミルカが家事をしている時は、イズミが抱っこしていることが多い。奥様やミルカが風呂に入っている時もやっぱりイズミで、逆にイズミが筋トレやお昼寝をしている時は奥様かミルカだ。

つまるところ、テオはいつだって誰かに抱っこされている。ついこの前までずり這いもできなかった赤ん坊なのだから、当然と言えば当然であるのだが、それにしたっていささか過保護過ぎるきらいがないわけではなかった。

「む……言われてみれば、敢えてこいつを運動させることってなかったような。もしかして、既に体は十分出来上がってたのかな」

「かもしれませんね。これからは、意識的にそういう時間を増やしてみるのもいいかも」

「うー！　きゃーっ！」

「……その前に、こいつの抱っこ癖と甘えたを直すほうが先かもなァ」

伸ばされた柔らかい腕を、イズミは慣れた手つきで受け取った。そのまま脇腹にしっかりと手を差し込み、腕で背中から尻の辺りを支えるように抱えれば立派な抱っこの完成である。

「あら、構いたがりの甘えん坊はイズミさんのほうではありませんか？」

「いいんだよ、俺は。大人だから」

「ふふふ。いつから『大人』は大きな子供って意味になったんでしょうね？」

くすくすと笑ってミルカがイズミの額や首元の汗をタオルでぬぐう。何が楽しいのか、やっぱりテオはケラケラと笑って、少しばかり髭がじょりじょりするイズミの顎をぺちぺちと叩いていた。

「あ……テオ！　それに、イズミ様！」

「お。奥様、起きたのか」

少々騒がしくし過ぎたのだろうか。隣の部屋から奥様がやってきた。どうやらまだ目が覚めたばかりのようで、少々髪が乱れている。イズミだったらだらしない寝ぐせとなってしまうそれも、奥様の場合は絵になるというのだから侮れない。

「起きたら、テオがいなくて……！　やだ、この子ったらこんなところまで……」

「奥様、奥様。なんと……テオってば、ハイハイしてたんですよ！」

「ええ!?　そ、そうなの!?　な、なんで起こしてくれなかったの!?」

「ほんのついさっきのことなのですよ。私だって見られたのは一瞬でしたから」

「俺に至ってはまったく見られてないからな」

奥様は残念そうにしつつも、イズミの腕の中ではしゃいでいるテオを愛おしそうに撫でた。

「ありがとう、イズミ様。……さっきまで、鍛錬していたのでしょう？　汗もかいているし、息も上がっているし……テオを抱っこするのも辛いのではありませんか？」

確かに、辛いか辛くないかで言われれば結構辛いほうだろう。限界ギリギリまで筋トレをやった直後に、元気に動く10キログラムの赤ん坊を抱えるというのはなかなかの重労働だ。

「ふふ……テオったら、最近また大きくなったのかなあ。前よりも少し重くなった気がするんです」

しかし、それ以上にその温かな重さは嬉しいものであった。

「何、子供が重いってのは喜ばしいことじゃんか。すくすく育っている証拠だろ。むしろ重いほうが嬉しいと言うか、これこそが幸せの重みと言うか……」

「きゃーっ！」

テオを大きく抱き上げ、イズミはくるりとひねりを加える。普通の「高い高い」だけではなく、文字通りのさらに一ひねりを加えた必殺技だ。テオはどんなにぐずっていても、これをやればたちどころにご機嫌になってころころと可愛らしく笑うのである。

「ふふ……イズミ様のほうが、高いしずっとやってあげられるもんね。私だとすぐに疲れちゃうし……ちょっと、妬いちゃうかも」

「いやいや、それを言ったら俺だって……こいつ、奥様やミルカさんに抱っこされたときは一段とにこーって笑うんだぜ？　もう、何度胸に詰め物をしようと思ったことか……」

「イズミさん？　奥様相手にその手の冗談は……！」

「まぁ、ミルカったら。これくらいいいじゃない。私だっていつまでもウブな子供じゃないもの」

残念ながら、単純な抱っこで言えばイズミはミルカや奥様には敵わない。それは身体的な柔らかさという物理的な理由か、あるいは女性だけが持つ母性に起因する精神的な理由か。はたまた、単純に年季の差かもしれないが、ともかくそれは絶対の事実だ。

だからこそ、その二人には出せない持久力と高さという点でイズミは負けるわけにはいかなかった。

「さ、イズミさん。そろそろ本当に腕がお疲れでしょう？　奥様に代わってあげてくださいな」

「そうですよ。イズミ様ばっかりテオを抱っこして……私、拗ねちゃいますよ？」

「おお、そりゃ怖いや」

軽口を叩き、にっこりと朗らかに笑って。少なくない名残惜しさを感じながら、イズミはテオを奥様に受け渡そう……として。

がしっと、テオがイズミとミルカの袖を掴んだ。

「あら？」

「どうした、テオ？」

「……みー！」

一瞬、確かに時が止まった。イズミもミルカも奥様も、何が起こったのかわからなかった。わかっているのは、テオがにこーっと笑いながら、その一言を呟いたということだけである。

「みぃ！　みー！」

「あ、ああ、ああ……!?」

「え……え、う、嘘だよね、テオ……!?」

「い、いいえ……！　奥様、決して嘘なものですか……！」

いつものそれとは明らかに違うもの。思わず漏れ出た声ではなく、赤ん坊特有の、拙いながらもはっきりとした意思と目的が込められたそれ。

ほかの人なら赤ん坊がぱくぱく口を動かしただけにしか思わないだろうそれであっても、ずっとテオの面倒を見てきたイズミたちには、それがはっきりと……テオ自身の意思により紡がれたものだと理解することができた。

そう、テオは。

「俺の名前を呼んでくれたのか……！」

「私の名前を呼んだくれたのね……！」

初めて、喋ったのである。

「うん？」

「はい？」

問題なのは、それが誰であるかというところであった。

「ミルカさん、何言ってんだ。テオは今、『みー』って言ったんだぜ？　どう考えたってイズミの『みー』だろうよ？」

「いやいや、イズミさんこそ何を仰っているのやら……普通に考えてミルカの『みー』でしょう？いくらなんでもそれは無理があり過ぎませんか」

イズミとミルカの間で迸る火花。互いに一歩も譲る気がないのは誰が見ても明らかだ。

「み！　みー！」

その原因となった当の本人は、自分が原因であることなんてまるでわかっていないらしい。元気にずっと「誰か」の名前を口にしてコロコロと笑ってる。そして、そんなテオを抱っこしている奥様は、今まで見たことのないくらいに悲しい表情をしていた。

「う、うふふ……。そっかぁ、テオの初めては『ルフィア』でも『ママ』でもなかったかぁ……」

愛する我が子の初めての言葉。それが自分の名前であればと願う親は少なくないだろう。まだはっきりと発音できるわけじゃないが、【はじめて】という言葉の響きと感動はあまりにも大きい。

無論、必ずしもそう都合良く自分の名前を呼んでもらえるわけがない。もっと身近な何かや、ありきたりでつまらないものが初めての言葉であるケースのほうがはるかに多いだろう。

奥様自身、それはわかっていたが──改めて【はじめての言葉】が自分の名前ではないと突きつけられると、ショックはそれなりに大きかったのだ。

「みぃ！　み！」

「ホラ見ろ！　絶対俺を見て言ってるじゃんか！」

「いいえ！　どう見ても私の方に向かって語り掛けているではありませんか！」

「うふふ……！　うふふ……！」

ぎゃあぎゃあと子供っぽく言い争う二人。どこか遠くの方を見つめて呆然と笑う奥様。周りのことなんてつゆ知らず、今日も元気にきゃっきゃとはしゃぐ赤ん坊。

「戻ったぞ──騒がしいが、何かあったのか？」

「あっ！　ペトラさん、ちょうどいいところに！　ほら、どう考えてもコレ俺のことだよな⁉」

「いいえ、私のことですよね⁉　嘘偽りのない忌憚《きたん》なき意見を言ってくださいよ！」

「きゃーっ！」

「うふ、うふふ……！」

「い、いったい何がどうなっているんだ……？」

結局、夕餉の後になってもこの不毛な論争は続いた。勝負の決着は終ぞつくことはなく、その真実はテオの中だけに眠っている。

◇

「イズミ様……」

「どうした、奥様。そんなに改まって」

「――今度から、私のことを『ママ』って呼んでくれませんか？」

とある日の朝。いつも通りの朝の食卓にて、奥様はいきなりそんなことを口走った。

「……どうしよう、俺、なんか疲れているのかも」

助けを求めるようにイズミがミルカの方を見てみれば、そのミルカも口をあんぐりと開けている。その隣にいるペトラはどうしているかと言えば、ミルカと同じように驚愕《きょうがく》に顔を染め、口をぱくぱくと動かしていた。

「あ、あのさ……一応聞くけど、いったいどうして？」

普段の奥様からはとても考えられない言動。ミルカもペトラも再起動に時間がかかりそうだったので、イズミが代表して問いかける。清楚で純情で上品な……一昔前のアイドル像そのもののような奥様がこの手の冗談を言うとは、とても信じられなかったのだ。

「だってぇ……！　このままじゃ、いつまで経ってもテオが私のことを呼んでくれないんだもん……！」

目にじんわりと涙を溜《た》め、堪え切れないとばかりに奥様はテオをぎゅっと抱きしめた。何がなんだかわかっていないテオは、ぽふぽふとその胸を叩いて遊んでいる。

　そんな光景から目を逸らし、そしてイズミは思案した。

「あー……そうか、言われてみれば俺たちいっつも【奥様】って呼んでるもんな」

　ついこの前、ようやくテオが初めての言葉を覚えた。初めての【みー】というその単語が果たしてイズミのことを指していたのか、ミルカのことを指していたのか、今となっては一切不明ではあるが、イズミやミルカが問いかけるたびにテオはみー、みーと笑って応えている。

　そんな様子に奥様が憧れたのも無理はない。そして、今の現状ではどう頑張っても奥様が自身の名前を呼ばれることはない。

　理由は至極簡単。みんなが、奥様のことを【奥様】と呼んでいるからだ。

「私だけ、名前で呼ばれないんですよ……！　イズミ様、一度でも私のことをルフィアって《なまえで》呼んでくれたことありますか⁉」

「いや……それはなんか違うと言うか、畏れ多いと言うか。逆に奥様はそれでいいのかと思わなくもないような」

「名前を呼ぶのに良いも悪いもないですよ……！　それこそ、イズミ様だって！」

「うん？」

「イズミ様は私に雇われているわけでもなんでもないんですよ？　なのにどうして【奥様】だなんて……！」そりゃあ、ミルカやペトラは外聞上そうしなきゃいけなかったかもですけど……！」

　言われるまでもなく、イズミと奥様の間に主従関係はない。すなわち、敢えてわざわざ奥様のことを【奥様】と呼ぶ必要なんてこれっぽっちもない。ご近所のママ友的な意味で使うにしても、少々不自然だ。

だいたい、当の奥様自身がイズミのことを様付けで呼んでいるのだ。奥様からしてみればイズミのほうこそ敬われるべき人間という認識がある。

「ほら、ミルカさんもペトラさんも奥様って呼んでるし、じゃあそれでいいかなって……」

「『じゃあ』!? 今、『じゃあ』って言いました!? ミルカもペトラも名前で呼んでいるのに、私だけそんな理由で!?」

「どうしよう、今日の奥様なんか怖い」

「悔しい思いを溜め込まれていたのでしょうね」

「元々、変に畏《かしこ》まったやり取りは好きじゃなかったからな……」

とはいえ、今更呼び名を変えるのも気恥ずかしいというのがイズミの正直なところだった。それに一般的な日本人の感覚として、子持ち既婚の人妻を馴《な》れ馴れしく下の名前で呼ぶのはどうにもアブナイ気がしてならないのである。場合によっては不倫を疑われる可能性もゼロではない。

ましてや、今は曲がりなりにも同棲中なのである。現代日本の倫理観に照らし合わせれば、間違いなくアウトだろう。事実上の絶縁状態（？）であるため疚《やま》しいことなんて何もない筈だが、どうにもイズミの中の良心がそれを咎めるのだ。

「とはいえ……オルベニオさん、って呼ぶわけにもな」

「みー？」

「ああ、お前のことじゃないぞ、テオ」

「うーい！」

「私も……イズミ様にその名で呼ばれたくはないです。いいじゃないですか、ルフィアかママで」

「でも……んん、ルフィアさんは嫌じゃないのか？　関係ない男にママって呼ばれるのは」

「嫌なものですか！　それに全然関係なくないですもの！　……テオだって、そう思うよねー？」

「きゃーっ！」

一般的な家庭ではどうなんだろうとイズミはなんとなく思う。恋人期間の時は下の名前で呼び合っていたとして、結婚した後もおそらくそれは変わらないだろう。子供が生まれたあたりから自然と互いに【パパ】【ママ】呼びとなり、特別な時だけ以前のような名前呼びになるのだろう……というのがなんとなくのイズミの予想だ。悲しいことに、そのほとんどが推測でしかない。

「……やっぱり、私はこの子にママって呼んでほしい。ママって呼ばれたい。……この子の口から一番多く紡がれる言葉が、私であってほしい」

「ま、そりゃそうか。正直奥様をママって呼ぶのは気が引けるが……頑張ってみることにするよ」

「ふふふ、イズミさんったら。そう言ってる傍から、奥様になっていますよ」

「……他人事のようにしているけれど、ミルカもペトラもママって呼ぶんだからね？」

「えっ」

「だって、イズミ様一人がやっていても意味がないでしょう？　それに、この帰らずの森の中……それを咎める人なんていないもの！」

「そらそうだわな。それに【ママ】の言うことは絶対だろ」

——とりあえず、なるべく善処します。

そう言って、ミルカとペトラは逃げに入る。果たしてどれだけ効果があるのか、本当にテオが奥様のことを呼んでくれるようになるのか。それはまだ、この段階ではわからないことであった。

◇

「そういえばお……いや、ママさ」

「はいはい、なんでしょう？」

朝食後。食後の紅茶をゆっくりと飲み干したイズミは、思いついたように奥様に語り掛けた。

「例の、未来視っていうやつ？　あれって能動的にはできないんだよな？」

「ええ。こう……あくまでも、ある日突然びびっ！　って閃《ひらめ》く感じですが……」

同じように食後の紅茶を楽しんでいたミルカとペトラも、今更何を言い出すのか……とでも言わんばかりの表情でイズミを見てくる。もし逆の立場だったら、イズミだって同じことをしただろう。

「いやさ。いきなりなんだけど……今日、少し外に出てみようかなって。吉と出るか凶と出るか、わからないかなって思ったんだ」

「残念ながら、占いのようには使えないのですが……でもまた、急な話ですね。確か、予定ではもう少し体を鍛えて、ペトラとの訓練をしてからという話ではありませんでしたか？」

「そう思ってたんだけど……ちょっと懸念と言うか、気になることが」

「はて？」

「――俺の能力。この家を呼び出す力のことを、今のうちに確かめておきたいんだ」

奥様を助け出したあの日。蛇の毒に朦朧としながらも奥様によって呼び出されたイズミだけの力。

この異世界という常識も物理法則も違う場所において、唯一イズミが振るえる不思議な力。使い勝手はひどく限られるが、魔法が存在するこの世界においてもほかに類を見ない、魔法のような謎の力。

そんなイズミの力は、実を言うとあの日以降一度も使われていない。

「この場所から移動することは必須。当然、この家を呼ぶ俺の能力が大前提だ。実際、俺も……俺たちは、それを頼りに今後の計画を立てている」

「え、ええ……。少なくともこの場所に留まる意味はないから、今後の身の振り方を考えるにしても、森の浅い方に移動するってことになりましたが……」

「実際の移動時に上手く家を呼べなかった……じゃ、話にならないからな。練習しておきたいんだ」

家を呼び出すのにどれくらい時間がかかるのか。呼び出す回数に制限はあるのか。魔力的なものを使うのか、それとも気合だけでなんとかなるのか。呼び出した時に家の中の状況はどうなるのか。

そんなもろもろ一切合切が、今のところよくわかっていない。これは実に由々《ゆゆ》しき事態である。

「イズミさん、仰ることはわかりますが……そうなるとやはり、一瞬とはいえこの家から出ることになります」

「つまり、魔獣に襲われる可能性も出てくる……私と剣術の訓練をしてからのほうがいいんじゃないか？　何も、今やる必要はそんなにない……と思う」

「……って、俺も思ってたんだけどさ」

安全地帯に引きこもって、十分に強くなってから外に出る。イズミもその考えには大いに賛成であり、できることならそうしたいと思っている。

「ペトラさんも言ってただろ？　ある程度時間が経てば、この周囲にはどんどん魔獣がやってくる。

だからこそ、俺たちは移動を決めた……けど、もし俺の能力に何かしらの制限があったとしたら？　なんらかの理由で、発動できないってことがあったとしたら？」

「……あるのか？」

「……ないと思う。自分の力だから、発動できるかできないかはなんとなくわかる。でも、断言ができない。……一回しか使ったことがないからな！」

ゆえに、これは本当にただの確認事項のつもりなのだ。

「だから、まだ魔獣が本格的に集まってきていない今……ガブラの古塔の目の前にいる今、能力を確かめたい。これだったら、万が一俺の能力が不発に終わったとしても、あの最上階の部屋でしばらくはやり過ごせる」

ガブラの古塔の最上階。奥様たちにとっては思い出したくもない場所だろうが、しかしあそこはこの帰らずの森の中で唯一と言っていい安全地帯である。石の騎士が倒された今、あの部屋に施されていたのであろう魔避けの効果まで残っているかは疑問だが、家を呼べずに森の中を彷徨うよりかははるかにマシな場所だろう。

「単純に、あの塔自体が引きこもるにはもってこいだ。動く死体もほとんどいなくなったし……わざわざあんなところにまで入り込む魔獣もいないだろうしな」

「ん……確かに、そう考えると良い条件なのかもな。どのみちやらなくてはならない以上、今が理想ってわけだ」

「前とは違って私の魔法も使える……万が一があったとしても、しばらくはなんとかなる……」

「むしろ、下手に魔獣が増えないうちにやっておくべき……ですかね？」

「……決まり、だな」

それからのイズミたちの行動は早かった。午前中の間に食料と魔避けのマント、及び旅のセットの一式を整え、何があってもいいようにする。別段能力が使えなくなるとは思っていないが、もし万が一があった場合はガブラの古塔で過ごすこととなるのだ。これくらいは必然だろう。

「旅の支度のほかには……」

「家を呼び出すことで消耗品とかが復活するのか確認しておきたい。朝飯に使った食材、記録取っといてくれ」

「イズミ殿、持ち出し品はどうする？　例えばフライパンなんかは消耗品ではないだろうが……こいつを外に持ち出した状態で家を呼んだら、外にあるものと家の中にあるものの二つに増えるのか？　それとも、外にあったものが家の中に戻るのか？」

「どうだろうなァ……良い機会だ、それも確かめておくか」

そして、午後。四人は旅支度をしっかり整え、玄関に集った。リュックにマントに、傷つけることで増やしておいたクマよけスプレーを各自二本。イズミとペトラは鉈で武装し、ミルカと奥様は包丁を懐に忍ばせて。ちなみに諸般の事情により、テオはミルカが抱いている。

「水よし、ガスよし、電気よし」

出かける時の恒例行事。すぐに戻る予定とはいえ、指さし確認は欠かせない。

「──鍵よし」

右手に鍵を持ったまま、イズミはそのまま門扉の方まで歩いていく。ミルカたちが後ろについてきていることを確認し、そしてイズミは深呼吸した。

「……行くぞ」

「……ええ」

門の取っ手にイズミは手をかける。

魔獣がどんなに攻撃しても傷一つつかなかったその門扉は、あまりにも呆気《あっけ》なく開いた。

「何日ぶりの外だろうな……」

右を見て、左を見て、もう一度を右を見て。近くに魔獣の姿は見えず、それらしい気配も感じない。前方にはガブラの古塔があの日と変わらずにそびえており、ちょっと離れたところでは例の石の騎士の鎧の残骸があの時のまま放置されていた。

「魔獣さえいなければ、秘境の遺跡みたいでなかなか情緒深いもんなんだが……さて」

「まずは普通に使えるかの確認、ですよね？」

イズミの後ろには、今出てきたばかりの我が家がある。前方にはガブラの古塔があるとなれば、まずは試しに右手方向へ家を呼び出してみるべきだろう。

なんの変哲もない筈の家の鍵をしっかり握り、そしてイズミは心の中でその呪文を唱えた。

――【House Slip】

「わ……！」

それは、あまりにも一瞬の出来事だった。

なんの前兆も脈絡もなく、確かにあった筈の家が跡形もなく消え失《う》せ、それとほぼ同時にイズミの目の前に家が……より正確に言えば、家が敷地ごと現れたのである。

昨今のゲームや映画よろしく、キラキラと光があふれ出たり、あるいはうすぼんやりと半透明になっていく……といった演出は一切ない。本当に、すぐに消えてすぐに現れたのだ。

「……できたな、普通に」

「イズミ様、どこか疲れたり、気怠い感じはありますか？」

「いんや、特に何も」

今の家のすぐ隣、家があった跡地をよく見てみる。

「ん……表面がちょっとばかり抉《えぐ》れているのか？　ここに何かあったって感じの痕跡《こんせき》が残るんだな」

「門の内側……庭の土質とこの場所の土質は違うから……この深さまでがイズミ殿の敷地、すなわち家という認識なのだろうな。……腰には届かないくらい、か」

建屋や門扉、敷地内にあった自動車……土地の上にあったものは当然として、イズミの能力は土そのもの、すなわち土地そのものさえも移動の対象としているらしい。跡地は今までそこに何かがあったことを彷彿とさせるように全体が薄くくりぬかれており、ちょっとした窪《くぼ》みになっている。

「しかしまあ……じっくり見たのは初めてですが、本当にそっくりそのまま移動するんですね」

「おう、俺もびっくりだ。……とりあえず中の様子を見てみるか」

ひとまず問題なく能力が使えたことを確認し、一同は家の中へと入る。

「食料は……さっきの状態と変わりありませんね。消耗品も変わっていません」

「敢えて残しておいた熱いコーヒー……うん、さっきと同じままだ」

「補充しなおされてるわけじゃないってか……そういやペトラさん、フライパンは？」

「リュックの中にあるな。台所には戻っていない」

「んむむ……持ち出した備品はそのまんま……ね」

状況だけを見れば、ただ家が移動しただけ。どんなに調べても、イズミたちはそれ以上の結論を得ることができなかった。文字通り、家を移動させる前後で違いなんてまるでなかったのである。

「んじゃ、次行くか……ええと」

「今度は『森の中でも家を呼び出せるのか』ですわ」

「おう、それそれ」

「だー！」

再び周囲を警戒して外へ。ガブラの古塔の広場のギリギリにまでやってきたイズミは、森の中へと向かって能力を発動する。

瞬き一つの時間の後、最初からそこに在ったのだと言わんばかりにいつもの家が目の前に在った。

一瞬遅れて。

「……！　離れて！」

バキッ、ブチッ、ガサガサ……という特徴的な音。イズミが警告する前にその場にいた全員がその音の正体を察し、さっとその場から距離を取る。

ややあってから――数本の樹々がどしんと倒れ、イズミたちの足にちょっとばかりの振動を伝えた。

「樹々があろうとおかまいなし、なんですね」

「うお……石垣の端のところ、ちょうど樹の幹の半分のところにめり込んでる……なのにあくまで敷地内には倒れないのか」

「あっ、でも……敷地の外に生えている樹の、枝だけは普通に石垣の中に入っていますね？」

「我ながらよくわからんなぁ……」

　わかったことその二。どうやらこの家を呼び出す能力は、呼び出される場所に何があっても問答無用で家を呼び出すらしい。中途半端に敷地に被っていた樹は抉るようにして折られているし、多少そこがデコボコしていようがぬかるんでいようが、まったく問題とならないのだろう。

「ま、悪いことじゃないな。家が建てられるような開けて整った場所じゃないと使えない……なんてなったら、移動どころじゃなかったし」

「ですね。個人的には、坂道だとか小川の上とかになるとどうなるのか気になるところですが」

「そこはおいおい、だろうな」

　能力の発動はできる。森の中程度なら場所を選ばず家を呼べる。これだけわかったなら、次は。

「距離とラグだな。とはいえ、ラグはないと思ってもいいようだが」

「距離はどうする？　ここから……とりあえず、塔の反対側までいいか」

　くるりと踵を返し、やっぱり周囲を警戒しながらイズミたちは広場を横切っていく。元々家があった場所を過ぎ、ガブラの古塔を過ぎ、さらにその反対側の方まで。歩いてなんだかんだで三分もかかっていないことを鑑みると、どんぶり勘定のざっくり計算でおおよそ二百メートルといったところ。

「ほいほいっと」

　鍵を片手に、軽いノリでイズミは能力を行使する。やっぱり、一瞬で家が目の前に現れた。

「この程度の距離じゃ大して変わらないかもしれないですが……ですが、イズミ様の能力に距離は関係ないと言っても良さそうですね」

「普通、魔法ならばその規模に応じて溜めや集中が必要だったりするのですが……というか、普通の魔法だったらこれだけ離れた距離での行使はまず不可能ですよ」

「じゃあやっぱり、これは魔法じゃないんだろうな」

二百メートル離れたものを、一瞬で目の前まで呼び出す。詳しい原理なんてわからずとも、距離が長くなればなるほどその分負担がかかりそうだ……というのは感覚的になんとなく予想できることだろう。実際、魔法だったら遠くまで干渉させようとすればするほど、負担は増えてくる。

が、イズミの体にはなんの異常もない。息切れもなければ、体が疲れたような感じすらしない。

「そういえば、鍵を持って呪文を唱えるのではありませんでした？」

「や……心の中で唱えるだけだよ」

「何故に心の中だけなんです？」

「だって……なんか、恥ずかしいじゃんか」

「……よくわからない感覚ですね。年頃の魔法使いは、格好良く呪文を唱えたがるものですが」

距離も問題なさそうで、所謂ＭＰ的な制限もなさそう。呼び出す場所の制限もないとなれば。

「……家に人がいた場合、どうなるかだな」

家に人がいる状態でイズミが能力を使ったらどうなるのか。一緒に呼び出してくれるのか、その場に独りぽつねんと取り残されるのか。それとも……考えたくはないが、家の移動という時空間のねじれに巻き込まれて、消え去ってしまうのか。

物だったら問題ない。それは既に確かめられている。だが、人は……イズミの家の中には元々なかったもので、そしてあちらの世界のものではない。イズミの能力が【家をそっくりそのまま呼び出す能力】である以上、その呼び出す対象に異世界の人間が含まれるのかは怪しいところだ。

「でも……万が一を考えると、こればっかりは確かめるわけにもな」

「そうですか？　既に答えは出ていると思いますが」

ミルカからの思わぬ言葉。はて、いったいどういうことかしらん……とイズミが頭をひねっても、それらしい結論は思い浮かばない。そもそもこの能力は今検証している最中であり、そして以前にはたった一回しか使っていないのだから。

「人ではないですけど、最初に使った時は……シャマランが家にいたではないですか」

奥様たちを救出しにガブラの古塔へ向かった時は、イズミ、ミルカ、テオの三人だった。三人全員で森の中を進んでいたのは間違いないが、だからといって家に誰もいなかったわけではない。

イズミはすっかり忘れ去っていたが、その時家には……怪我をしたシャマランがいたのである。

「そういやそうだった……。あいつ、昼間は外に行っていることが多いから忘れていたぜ……」

「まぁ、私が外に寝床を作ってからは家の中に入ることもめっきり少なくなったからな……さて、一応念には念を入れておくとしようか」

「おい!?」

一人で家の中に入っていこうとするペトラの腕を、イズミは思わず掴んだ。

「なんだ、イズミ殿。ずいぶん情熱的じゃないか」

「あのなあ！　もし、万が一があったらどうするんだよ。別にわざわざ確かめる必要もないだろう？」

「いや、そんなことはない。もし人が中にいても問題なく移動ができるなら、実際にこの森を抜け出す時、坊ちゃんの安全は確保される……そうだろう？」

「……」

「ミルカか奥様が坊ちゃんと一緒に家に残り、私とイズミ殿が森を進む。危険があったらすぐに家を呼び出して、奥様の癒しの魔法で治療してもらう。坊ちゃんを連れて全員で森を進むより、そっちのほうが絶対いい」

「……そりゃ、そうだけどさ」

「忘れないでくれ、イズミ殿」

いつになく真剣な顔で、ペトラは断言した。

「この中で、一番命の価値が軽いのは私だ。私は戦うことしかできない……体を張ることしかできない、いくらでも替えの利く人間だからな。私はそうやって役に立てるのを何よりも光栄に思っているし、当然、イズミ殿にもそのように扱ってもらいたく思っている」

「……でも、俺は」

「何、心配しなくていいさ。シャマランという前例もあるし、イズミ殿のことは信頼している。私だけダメってことはないだろうよ」

ポンポンと、まるでぐずる子供をあやすようにイズミの肩を叩いて、そしてペトラは家の中へと入っていく。ややあってからリビングの窓のところから顔を出したペトラは、安心させるかのようにこちらへと大きく手を振っていた。

「さぁ、いつでもいいぞ！」

「……わかったよ」

ペトラがそれだけの覚悟を示したのだ。自分だけがへっぴり腰でいられる筈もない。

絶対に成功させて見せるという決意を持って、イズミは手のひらの中の鍵を強く握る。温かくて柔らかい手が、イズミの背中と肩に添えられていた。

そして。

――【House Slip】

家が消え失せ、イズミの目の前に家が現れた。

「ほらみろ、なんともなかっただろ？」

ペトラが窓から顔を出している。怪我をしているわけでも、時空間の捩《ね》じれに迷い込んでいるわけでもない。正真正銘、さっきと同じペトラがにっこりと笑ってそこにいる。

「……よかったよ、ホントに」

「心配し過ぎだ、イズミ殿は……まぁ、その、その気持ちが嬉しくもあるんだが」

「ペトラ、実際のところはどうでした？　外からでは、本当にそっくりそのまま家ごと移動したようにしか見えなかったのですが」

「ん、こっちも……一瞬で石垣の外の景色が切り替わったようにしか見えなかった」

浮遊感も、酩酊感も、魔力酔いなる謎の感覚も、文字通り何もなかったとペトラは言う。

「決まりだな。イズミ殿の能力は、文字通りそっくりそのまま家を移動させる能力だ。それも、好きなように好きなだけ、なんの制限もなく」

「家の中のものが元に戻ったり、家そのものに張られている結界は……イズミさんの能力と言うよりかは、この家そのものが持つ特性なんでしょうね」

「……今更ながら、もうちょっとこう……炎を操ったり、ドラゴンを召喚したりするような華々《はなばな》しいのでも良かったと思わなくもないような」

「そうですか？　私はとっても素敵だと思いますけれど」

ミルカは、にっこりと笑って言った。

「家に帰るための力……イズミさんらしい、優しくて温かい力ではありませんか」

こうして、イズミの能力の検証は終わった。この不思議な異世界に流れ落ちたイズミにもたらされたのは、正真正銘【家を呼び出す能力】。華々しい魔法でも、天地を揺るがす異能でもない、唯々家に帰るためだけの力だ。

「でも、これで……問題なく、森を移動できるってわけだ」

【家に帰るためだけの力】をどう使うのかは、イズミだけが決められること。そしてたったそれだけのことである筈のそれは、この世界ではほかに類を見ない【大いなる力】の一つでもある。

イズミがそのことに気付くのは、おそらくもっと後のこと。

――動き出すまで、あと少し。

8　新たなる流れ　-Precognition-

「――甘ぃッ！」

鋭く放たれたペトラの声。まるで空気を切り裂くかのような雄叫びに、一瞬イズミの体は硬直する。子供の時分ならいざ知らず、齢三十も過ぎればこのように誰かから大声で怒鳴られることなんて普通はない。ついつい身を竦《すく》ませてしまったのもある意味ではしょうがないだろう。

が、そんな「しょうがない」がまかり通らないのもまた事実。

「ぃ……っ⁉」

本日何度目かもわからない、太ももへの痛烈な一撃。真剣だったら間違いなく致命傷となっていただろうが、ペトラが手にしているのはそれっぽく仕立て上げただけの棒切れである。めちゃくちゃに痛いが、結局はそれだけだ。

「怯《ひる》むなァ！」

「ぐッ！」

息をする間もなく繰り出された胴体へのなぎ払いを、イズミはなんとか受け止めた。ペトラのそれよりかはいくらか上等な木刀もどきを両手で握って、ただひたすらにそれを体に当てないように。

殺し切れなかった衝撃が両手をじんとしびれさせ、一瞬手の平からすべての感覚が消える。

少し前のイズミなら、この段階で泣いて喚《わめ》いていたかもしれない――が、今は違う。

「うぉらあッ！」

木刀を捨て、イズミは低い姿勢のままペトラに体から突っ込む。反射的にイズミの顔面を突きで迎撃しようとしたペトラは、しかし瞬時にその行動を取りやめる。ほんの一瞬の逡巡の後、彼女の腹にイズミの肩がめり込んだ。

「んむッ⁉」

人の肉から空気が抜けていく奇妙な感覚が、肩から伝わってくる。ゆっくりと流れる時間の中、思った以上に勢いがついてしまったことに気付いたイズミは、地面に叩きつけられる衝撃を少しでも和らげようと、ペトラの体を引き寄せるようにして地面との間に割り込んだ。

「がっはァ⁉」

「ぎッ……！」

体が動かない。物理的に空気が吐き出され、呼吸ができない。背中の痛みよりもむしろ、そっちのほうが色々ヤバい気がする……うえに、どういうわけか腹部に奇妙な圧迫感があって、上体を起こすことができない。

「──言った筈だぞ、イズミ殿」

「……げ」

イズミの腹の上に、ペトラが跨《また》がっている。俗にいう、マウントポジションというやつだった。

「終わりの合図をするまでは、絶対に手心を加えるなと」

固く握った拳を、ペトラは振り上げた──が、その拳が振り下ろされることはなかった。

「今日はこんなところにしておこう。訓練とて、やり過ぎは却って体に悪い」

「ちっくしょう……今のは結構いい線行ってたと思うんだけどな」

差し出された右手。イズミは少しばかり悔しそうにその手を掴み、体を起こした。

――イズミとペトラが行っているのは、見ての通り戦闘訓練だ。体は既に十分に癒され、基礎的な体力も戻ってきたがゆえに、イズミは次のステップへと進むことが許されたのである。

内容はそのまま、戦闘技術の向上を目的とした対人訓練だ。イズミは今までに何度も魔獣の類を倒してきているが、そのほとんどがクマよけスプレーで無力化した後だったわけで、経験の割には動きが素人のそれとほぼ変わらないというところがあった。

それを解消するためにペトラが提案したのが、互いに武装しての模擬戦闘訓練である。

「動き自体は悪くないと思う。ただ、武器《えもの》に対して少々腰が引けているというか、対処しあぐねているような印象を受けるな」

「人を相手に打ち合ったことなんてないからな……。どうしても躊躇っちまう」

「……本当なら、それは喜ばしいことなんだがな」

「なんかごめんな、こっちからお願いしたのにこんなザマで」

「いや何、それが普通の感覚さ。むしろ、今まで剣を握ったことなんてなかったのにあれだけ動けるんだ、それだけで十分過ぎると思うぞ」

剣術としての武器の動かし方は、ひたすらに型稽古を繰り返すしかないとペトラは言う。何度も何度も同じ型を繰り返し、無意識でも最高に整った型を扱えるようになって、ようやく実戦で型としての本来の威力を発揮できるらしい。なんだかんだで、結局は地道な努力が重要なのだ。

「そう簡単に身に付くものじゃない。が、修練を続ければ、実戦の中で少しずつ使うべきタイミングがわかるようになってきて、いつしか普通に使っている自分がいる」

「ふぅむ……やっぱり、ただがむしゃらに振り回すだけじゃダメか。目的を持って、やりたいことを明確にして動かないと」

「まぁな。とはいえ、時にはそのがむしゃらが大事だったりもする。技術や経験で負けているのなら、気合と体力という別の分野で勝負をしなくちゃならない。そういう意味では、さっきのイズミ殿の動きは及第点以上のものだ」

「……でも、あれだと仮に勝てたとしても相打ちになる。そもそも、ペトラさんが本気だったら押し倒す前に頭をカチ割られていた。だいたい……そうならないようにするための剣術の勉強なのに、本末転倒なんだよな」

「……と、咄嗟の判断に優れているということで」

引き起こしたイズミの体をポンポンと叩いて、ペトラは土を払う。イズミは何度もペトラに打ち倒されてボロボロだというのに、ペトラ自身は最後の一撃くらいしかまともにもらっていないから服もそんなに汚れておらず、余計に対比がはっきりとしていた。

「イズミ様、ペトラも！　鍛錬が終わったのなら傷の手当てをしないとですよ！」

「あ、お……いや、ママか」

「む……いえ、私もイズミ殿も奥様の手を借りるほどの怪我はしていませんよ」

「怪我自体はしているんでしょう？　こういう時のための私だもの、役目の一つくらい果たさせてほしいな」

イズミとペトラの修練が終わったことに気付いたのだろう。リビングの掃き出し窓のところから、サンダルを履いて奥様がやってきた。

「ほら、イズミ様……」

　ここで断る理由も特にないので、イズミは素直にペトラから打たれた場所を指先で示す。右の膝と、左の脛と、胴は両側共で、そして最後にペトラをかばった時に地面に叩きつけられた背中。実戦だったら何度死んでいたのかわからないほどだ。

「ふむ……ちょっとお時間いただきますね」

　奥様が胸の前で何やら印を切り、祈りのポーズを取る。魔法のことなんてさっぱりわからないイズミでも、なんとなく神秘的で荘厳に思えるその光景。ややあってから、ひんやりしているのにあったかく、心地良い風のような何かが奥様のほうからやってきた。

「癒しの魔法、か……。そういえば、意識がある時に受けるのは初めてかも」

　じくじくと残っていた痛みがすーっと引いていく。上等な湿布を貼った時よりもはるかに強力な効果。痛みが引いた後はちょっとしたむず痒さと奇妙な温かさだけがそこに残った。

「……本当はもっとこう、はっきりわかるほどに効果が実感できるというか、ある種の気持ち良さも感じる筈なのですが」

「うん？　気持ち良いと言えば気持ち良いけど……痛みが引いたからそう感じるだけのような」

「……やっぱり、イズミ様は癒しの魔法の通りが悪いです。これだけ力を込めているのに、痛みが引いて治るだけでしかないのですから」

「そうなのか？」

　なんとなく気になって、イズミはズボンの裾《すそ》をまくった。間違いなく痛々しい青痣《あざ》ができていたであろう場所は、すっかり綺麗になっている。

「一瞬で怪我が治るんだから、十分にすごいと思うぜ」

「いえ……！　ホントだったら、気力が湧き上がって元気いっぱいになるくらいに力を込めてるんですよ!?」

「またまた……いくらなんでもそれは大げさ過ぎるだろう？」

「いや、結構マジだ。この威力なら元気いっぱいになるどころか、手足の一本や二本、ちぎれかけていても治せているな」

「ええ!?」

「水の巫女としての奥様の力はそれほどまでに強力ってことだ。……ほら、その証拠にイズミ殿にかけられた癒しの魔法の余波だけで、私の傷が治ってる」

「本当だ……さっきまで手のところ、ちょっと擦りむいていた筈だよな？」

「普通の相手だったら、一瞬で治るな。……イズミ殿は感じないだろうが、今ここにはびっくりするくらいに濃密な奥様の魔法の匂いが漂っている。それだけ強力ってことだ」

「あー……やっぱ全然匂いなんてわかんねェや」

すんすん、すんすんとイズミは鼻を動かす。土の匂いや森の深い樹々の匂いはするものの、やはり魔法の匂いとやらはわからない。後はせいぜいが自らの汗の匂いと、やっぱり同じように汗をかいたのであろうペトラの匂いが感じられるくらいだ。

「や……止《や》めてくださいっ！　人の魔法の匂いを露骨に嗅《か》ぐのは……そう、デリカシーに欠ける行為ですっ！」

「そうなの？」

イズミの問い。真っ赤になってうつむく奥様に代わって、ペトラが明後日の方向を見ながら肩をすくめた。どうせわかりはしないのに、乙女心ってやつは複雑なものなんだとイズミは心の中のメモ帳に新たな注意事項を書き加える。

「さ、さあっ！　そんなことは置いておくとして、今度は手を見せてくださいっ！」

「あいあい」

生活に支障をきたすほどではないが、手の平にも相応のダメージが残っている。棒を全力で振り回しているだけでも、あれで存外負荷はかかるものだ。手相が擦り切れそうにもなるし、マメや血豆だってできることもある。最悪、手の平の皮がべろんと剥けることだってないことはない。

「ほー……見えないのに、何か来てるのはわかるんだよな」

目の前で自身の手が治療されていく。赤くなってヒリヒリしていた筈なのに、もうすっかりいつも通りの感覚だ。治療前に比べて肌がツヤツヤで若々しくなっているような感じもする。

もし、もっと派手な怪我をしていたらどんな風に治療されるのか。早送りで再生するような感じになるのか、それとも魔法の不思議パワーでなんとなく治ってしまうのか。興味半分、怖さ半分くらいの気持ちがイズミの心に湧き上がる。

「魔法がそこに在るのはわかる。今この手の平で実感している。……奥様ほどの強力な魔法使いの匂いってんだから、才能のない俺でもちょっとは感じられると思うんだけどな」

「なるほど、言われてみれば……だが、テオ坊ちゃんの魔法の匂いもわからなかったんだろう？」

「そうなんだよなあ……。聞けば、ミルカさんが魔法を使った時よりも、テオの垂れ流しになっている魔法の匂いのほうが強いって話じゃんか。奥様とテオだったらどっちが強いんだ？」

「ん……何もしていない時だったら微妙にテオ坊ちゃんのほうが強い……と、思う。魔法を使った時だったら、さすがに奥様のほうがはるかに上だ」

「……今すぐ手の平嗅いだら、なんかわかるかな？」

奥様に手の平を治療してもらいながら、イズミは顔だけを近づけて鼻を動かすものの、やはり汗と木刀の匂いしかしない。間違ってもこれが奥様の魔法の匂いの筈がなかった。

「おく……じゃない、ママ。もうちょっとばかり魔法の威力を強めてもらったり……」

「案外あがくな、イズミ殿は」

「いや、なんだかんだ言いつつも俺だけ仲間外れは……なあ？　ほんのちょっとでも可能性があるなら、全部試してすっぱり諦めたいんだよ……ん？」

イズミは気付いた。さっきまで匂いを嗅ぐなと言っていた筈の奥様が、まるで反応していない。こうも露骨にそれをしているというのに、咎めるどころか声の一つすら上げていない。

「……奥様？」

「――――」

奥様の瞳には、何も映っていない。目の前にいる筈のイズミではなく、もっと別の、得体のしれない何かに見入ってしまっている。

そう、それは……例えるなら、魂が抜けたかのような表情であった。

「……おいっ！」

イズミが慌てて奥様の肩を揺さぶろう……として。

「待ったッ！」

その手を、ペトラが止めた。

「視てるんだ！　下手に刺激を与えるな！」

「え……!?」

イズミの腕をぐいっと引っ張り、ペトラは奥様から距離を取る。何がなんだかわかっていないイズミは、言われるがままにするしかない。

「大丈夫、すぐに元の奥様に戻る」

「お、おお……例の、予知のアレ？」

「ああ。奥様は今、運命の流れそのものを読み解いている。奥様に流れ着いてきたそれを感じとり、今この瞬間を基準として流れのその先を見ているんだ。下手に干渉して集中力が切れると……」

「切れると？」

「なんかこう……すごく悔しい気持ちになるらしい。演劇の最高に盛り上がったところで急遽《きゅうきょ》公演中止になったかのような」

「あ、そう……」

ひとまず、危険なことは何もないと言うのでイズミはペトラと共に奥様の様子を窺う。顔の表情が死んだ状態でぼーっと突っ立っていて、何より目が虚ろであるから、何も知らなければちょっと心配してしまう光景であることだけは確かだ。

「……あ」

「お」

時間にして、およそ五分ほどだろうか。始まりと同様、なんの前兆も前触れもなく奥様の瞳に光が戻り、止まった時が元に戻ったかのように奥様に動きが戻った。

「イズミ様……」

「おう、何が視えたんだ？」

「――移動しましょう。できれば、明日か明後日にでも」

▲▽▲▽▲▽▲▽

「そうですか、奥様が予知を……」

「ああ。だから緊急会議ってわけだ」

あれから。すぐさま片付けを行い、風呂に入ってさっぱりしたところでイズミたちはいつものリビングに集っていた。いつもならこの時間は家事をしているミルカも、緊急事態ということで普通にここにいる。ちょうど都合良く、テオがお昼寝しているのだけが幸いであった。

「奥様、おさらいだ。予知の内容っていうのは」

「ええ……数日後、このガブラの古塔で魔物の群れの争いが起きる、といったものです」

曰《いわ》く、先日のオークのような魔物の集団と、狼《おおかみ》のような魔獣の集団がこの広場で争っている光景が見えたらしい。その数は互いに百はくだらないとのことで、見えなかった範囲にもいることを考えると、その倍は見積もっておいたほうがいいとのことであった。

「幸いにも、私たちの誰かが傷つくといった未来は見えませんでした。しかし……」

「文字通り、ここから動けなくなるってか」

「ええ……ちょうど、ここが戦場の中間地点に当たるみたいで。この周りをずっと囲まれるので、決着がつくまでずっと……決着がついても、たぶん……」

「場所が完璧に割れている以上、放っておいてはくれないわな」

　おそらく、元々このガブラの古塔がこの森の中の縄張りの境界線だったのではないかとイズミは推測する。動く死体たちという互いにとっての脅威を挟むことで森の中でのバランスが取れていたが、しかしそいつらはほかでもないイズミたちが駆逐した。もう、誰もその役目を果たさない。

「案外、ここ数日襲ってきた魔物どもは、互いの群れの斥候みたいなものだったのかもな……」

「んー……ちょっと想像と違ったか。やっぱり、この森の魔物は外の魔物とは違うのかな」

　そんな斥候（？）たちも、イズミたちはしっかり駆除しているのである。

「ってことはなんだ？　互いに相手方にやられたと思ってブチ切れている可能性もあるわけか」

「それより、もっと話すべきことがある筈では？」

　発散しかけていた会話の流れを、ミルカが引き戻す。

「今回の予知は、間違いなく回避すべきもの。だとしたら、このままではいけません」

「だな。ちょいと予定は早まったが移動しよう」

「……どちらへ？」

「ん？」

「……どちらへ、移動するおつもりですか？」

　ミルカが言っていること自体は単純だ。言葉の裏に隠された意味なんてある筈がない。問題なのは、その先にある選択肢のほうだ。

「以前の予定通り、森の浅い方に……移動するだけして、森からは出ずに留まりますか？　それとも、この際ですしもっと森の奥まで引きこもりますか？　あるいは……」

森から出て、外の世界に行くか。

「……なんでまた、改まって？」

「そういう選択肢もある、ということを確認しておきたかったのです。……イズミさん、本当は外の世界を見てみたかったりしませんか？　確かにこの家は便利で快適ですが、だからといってこんな脅威が蔓延《はびこ》る森の中に住む理由はありません。もちろん、外の世界が安全とは限りませんが……でも、この森よりかははるかにマシでしょう」

「でも、それだと……」

処刑された筈の奥様とペトラが再び人の目にさらされかねない。死んでいるであろうミルカもまた、それは同様だ。もし、何かの拍子で三人の生存が明らかになってしまったら。

「……私たちに、遠慮してほしくないんですよ」

イズミが何かを言う前に、ミルカがにこりと笑った。

「私たちが再び危険にさらされるかもしれない……なんて、思っていたでしょう？　元よりそのつもりと言いますか、たとえイズミさんが外の街に行ったとしても、私たちは人目につかないように家の中に引きこもらせていただく所存ですよ？」

「いや……それはなんか、申し訳ないというか」

「いえいえ、何を仰るのですか。こうして養ってもらっている段階で、私たちのほうこそイズミさんに申し訳ない気持ちでいっぱいですよ」

「いやいや、俺だって独りじゃ寂しいし、ミルカさんたちがいてくれて助かっている。だからもう、それについてはお互い言いっこなしってことにしただろ……あ」

「そういうことですよ」

つまりミルカは、すべての判断をイズミに委ねる……否、イズミの自由にしていいと言っている。たとえそれでどんな不利益や不自由があろうとも、まったくそれで構わないと言っているのだ。

「私は、イズミさんの好きなようにしてほしい。外に行くでも、さらに引きこもるでも、このまま留まり続けるであろうとも……ええ、イズミさんについていきますよ」

「奥様の侍女として、その発言はどうなんだ？」

「私は、奥様とイズミさんを信じていますから」

にこりと笑いかけ、ミルカは紅茶の入ったカップを手に取る。それは、もう話すことは何もないと言外に伝えるポーズであった。

「まったく、ずるいぜ」

「ええ、女という生き物はそういうものなのです」

そして——話し始めてからずっと、うつむいていた銀髪の彼女にイズミは問いかけた。

「奥様は……どうしたい？」

返ってきた答えは。

「……わからない、です」

「わからない、かあ」

そりゃあそうかもしれないな、とイズミは心の中だけで思う。見たところ、奥様の年齢は二十代前半くらいといったところ。つまり、イズミから見ればまだまだ子供の小娘に等しい。見るからに箱入りで育ってきたような感じであり、誰かの指令で重大な役目を務めたことはあっても、自らの意思と責任の下で重大な判断をしたことはないだろう。それなのに、自身のこれからと、恩人《イズミ》の目線で考えたこれからを決める判断をしなくてはいけないのだから。

「わからない……わからないんです。普通に考えれば、こんな森にいるよりも外の安全で栄えた場所のほうが絶対に良い。イズミ様にとっては、間違いなくそれが最善の選択の筈」

「かもな」

「でも……！　現状、この森の中で十分に安全に暮らしていけてる……！　外の世界への繋がりを絶ち切ってしまえば！　単純に私たちだけが生き続けるだけなら、この森の中にいるほうが絶対に良い！　不確定要素がなくて、テオが脅かされる心配もない！」

「俺もそう思う」

「でもそれは、必然的にイズミ様をこの森に閉じ込めてしまうことになる……！　死ぬ筈だった私たちは別にそれでもいい！　でも、恩人であるイズミ様までそんな目にあわせるのは……！　そして、そんな綺麗事を語る口の一方で、頭の中の私はイズミ様よりもテオのことを……！　自分のその願いのためだけに、イズミ様から離れるわけにはいかないとも思っている……！」

「いやァ、母親としては百点満点の理想的な答えだと思うぞ」

森の中に残れば、絶対に安全で平穏な日常が続く。しかしそれは、この先一生森の中に閉じ込められるのとほとんど変わらない。処刑されたとされ、下手に出歩くわけにはいかない奥様たちはそれでもいいが、しかしイズミがこの森で過ごさなくっちゃいけない理由はどこにもない。

森の外に出れば、もっと安全なところに住むことができる。どこかの国を観光するのも、旅をするのも自由自在だ。そしてきっと、それはこの森で過ごすよりもずっと有意義で楽しい一生を過ごすことにも繋がるだろう。だがその場合、奥様たちのことがなんらかの拍子に露見した場合、「敵」からイズミまでつけ狙われる羽目になる。

では奥様たちとイズミで別行動をとればいいのではないか。そうすれば少なくともイズミ視点からの問題はすべて解決するだろう。

が、奥様はテオの安全という自身のエゴのためだけに、それはしたくないと自覚している。だから、そこで考えが行き詰まり、どうにもこうにも結論が出ない。

——正直、俺は一生引きこもっててもいいんだよなァ……。

奥様の考えは、【イズミの幸せが外の世界にある】という前提での話である。既に森の中での生活に慣れてしまっているイズミとしては、この四人が隣にいてくれれば森だろうと砂漠だろうと、それこそ極寒の吹雪の中でも問題ない……というのが正直な気持ちであった。

もちろん、外の世界に行くことにもなんら抵抗はない。たとえ「敵」に見つかったとしても、全力で抵抗しようと思っている。この家さえあればそれが可能だし、何よりも。

——今更もう、見捨てられるわけないだろ。

イズミの中で、この四人は家族と同等……いや、それ以上の存在になっているのだから。

「……奥様さ」

「……はい」

「じゃあ、俺の判断に従ってくれるってことでいい……のか？」

「……イズミ様が決めてくださるのなら、私はそれで」

諦めるような、縋《すが》りつくような、そんな瞳。それを見て、イズミの判断は決まった。

「俺は……」

自分には特に目的も理由もこだわりもない。なら、大切な年下の意図を汲むのが大人としての役目だろう。

「俺は……外の世界を見てみたい」

ここまではいわば前提。本当に言いたいのは、ここからだ。

「そうさな、せっかくだし……奥様たちが元々住んでいた街に観光に行きたい」

奥様は、少しだけ目を見開いた。その言葉が信じられなかったのか、確かめるようにしてイズミの顔を見上げている。

「それって……！」

「——逃げる時、身近な人たちに挨拶の一つもできなかったんじゃないか？　……死んだと思われている今なら、ちょっと行ってサッと挨拶するくらいはできるだろ」

たぶん、奥様の心の奥底にある本当の理由はそうではないだろう。それがなんなのか今のイズミにはわからないが、しかしそれに触れずにそっとしてあげる程度の良識とデリカシーはあった。

「ずっと居座るのは問題あるかもだけどさ。何か月か経っている筈だし、ガブラの古塔に送られて戻ってきたやつはいないんだろ？　変装とかして目立たないようにすれば、数日くらい大丈夫だ」

「まぁ……死んだ筈の人間が街を歩いていたとしても、普通はそっくりな別人だと思うだろうな」

「そうそう。あと、個人的に買い物とかしておきたい。奥様たちがこの家の中のものに驚いたように、俺もこっちのものはめっちゃ珍しく感じる筈だから。使えないだろうけど、魔道具だって興味がある。あと……」

「あと？」

「ミルカさん、ずっと俺のパンツはいてるだろ。そろそろ自前の欲しいんじゃないか？」

「ぱっ!?　……あ、あなたって人はぁっ！」

真っ赤になって割とガチな感じで肩を叩いてきたミルカを、イズミは甘んじて受け入れる。この年にもなれば、年頃の娘が本気で対応してくれること自体がありがたい話であるのだから。

「い、いいんですか……？　イズミ様が危険にさらされることになりかねないんですよ……！」

上手く話題を逸らしたつもりでなお、奥様は食らいついてきた。無駄な犠牲としてしまったことをミルカに心の中で謝りつつ、イズミは答える。

「いいんだよ、それは。俺がそうしたいってんだから、それは奥様たちじゃなくて俺自身の責任だ。……その証拠に、これはすごく個人的なことなんだが」

もう既に、イズミの中では街に行くことは決定している。そして、街に行くならできればしておきたいということがたった一つだけあった。

果たしてこれは奥様に言っていいのかという気持ちが半分。ふざけてこの空気をなんとかしようという気持ちが残りの半分。そのさらに残り……すなわち、全体の四分の一ほどが、イズミの超個人的な理由……と言うよりも、ぶちまけてしまいたい純粋なる私怨に近しい感情。

「目に入れても痛くないくらいに可愛いテオと、こんなにも守ってあげたくなるような綺麗な奥様を泣かせた……」

後にペトラは、「それは魔獣と相対した時と同じ顔だった」と語った。
後に奥様は、「正直ちょっと身の危険を感じてしまった」と語った。
後にミルカは、「テオの教育に悪いから、アレは止めてほしい」と語った。
そんな、獰猛《どうもう》な顔でイズミは笑った。

「クソ旦那のツラぁ拝んで、場合によっては一発ぶん殴っておきたい」

あとがき

お久しぶりです。ひょうたんふくろうです。ここまでお読みくださいまして誠にありがとうございます。順当にいけば、だいたい五か月ぶりくらいでしょうか。第一巻のあとがきでも少々触れましたが、こうして第二巻のあとがきで再び出会えたことに感謝の気持ちでいっぱいです。

さて、第二巻ではサブタイトルが少々変わった……のはお気付きだと思いますが、何よりもメインタイトルである【ハウスリップ】の意味が変わっております。第一巻ではＨｏｕｓｅ＋Ｓｌｉｐで家＋転移というイズミさんの状況を象徴していたわけですが、今回はＨｏｗ＋Ｓｌｉｐでどうしてイズミさんがあの異世界にやって来ることになったのか……という、それを象徴したものとなっています。結局のところはあくまでイズミさんたちの推測でしかないのですが、きっとそれは本当で、彼らの出会いは文字通りの運命的なものであったと信じたいところです。

というか、私から見てもあまりにも状況やその他諸々《もろもろ》にしっくりきすぎている単語なので、本当に運命なのではないかと思っております。書籍版限定の各章タイトルの英語フレーズもなかなか悪くない感じに仕上がりましたし！

さてさて、そんな【ハウスリップ】ですが、この第二巻でようやく奥様とペトラを救出し、「いつものみんな」が揃うことが叶いました。穏やかで楽しい日常は続いていく……と良かったんですけど、そうは問屋が卸しません。果たして無事に森を抜けることができるのか、「街へ向かいたい」という奥様の秘《ひそ》かなる願いの裏に隠された本当の意味とは。まだまだ気になる見どころはいっぱいありますし、何よりテオくんやミルカさんとのふれあいもたくさんあるので、これからも何卒《なにとぞ》よろしくお願いいたします。【ハウスリップ】の意味も、まだたった二つしか回収できてないですからね！

他にも特典SSやその他諸々《もろもろ》語りたいことは山のようにあるのですが、自由に使える余白があとちょっぴりしかありません。書籍化作業をしていて常々思っていたのですが、WEBでの投稿では存在しない文字数制限が口惜しくてなりませんね。

最後に、本書を書くにあたって助けていただいた皆様に謝辞を。今回もまた私のイメージをはるかに超えた素晴らしいイラストを描いてくださったジョンディーさん、相も変わらず深夜であろうと秒速で返信してくれた担当のOさん、ここまで読んでくれた読者の皆様、そして編集、校閲、出版などなど、私の知らないありとあらゆる所で協力してくれた関係するすべての皆様に、心から感謝いたします。

それではこの辺で。第三巻のあとがきで再び会えることを誰よりも強く願っております。（おそらく）暑かったり寒かったりで気候の変動が大きい今日この頃ですが、体調を崩さないよう、どうか健やかにお過ごしくださいね。

（私信：いつも終バスがなくなった時、近くまで車で送ってくれるT．Nさんへ。おかげでこうして日々の生活を崩すことなくこちらの活動を行うことが叶いました。せっかくなので、改めて感謝の気持ちを公的に発信しておきます。このメッセージを読まれる機会があるかはわかりませんが、これで私は満足です）

BKブックス

ハウスリップ 2

微笑む彼女と異世界ワケあり子育てスローライフ

2023年5月20日　初版第一刷発行

著　者　ひょうたんふくろう

イラストレーター　ジョンディー

発行人　今 晴美

発行所　株式会社ぶんか社
〒102-8405　東京都千代田区一番町29-6
TEL 03-3222-5150（編集部）
TEL 03-3222-5115（出版営業部）
www.bknet.jp

装　丁　AFTERGLOW

編　集　株式会社 パルプライド

印刷所　大日本印刷株式会社

ISBN978-4-8211-4660-4